STS

STS

山田社

It's easy to speak good American by Chinese.

獻給想要馬上
說美國話的您

暢銷版 溜**美國話**
中文就行啦

里昂 著

我懂！
I see.
愛 洗

附贈
MP3

只要這一本
旅遊、日常會話

→ 中文注音就能說美國話

→ 生活，旅遊必遇場景，通通有

→ 隨身攜帶版超方便，隨身聽MP3

**一次
搞定!!**

STS

簡單不求人
用中文自學美語
現學現賣
輕鬆開口溜美語

★ 感謝各位讀者對「溜美國話中文就行啦」的大力好評!

★ 為了回饋讀者,繼一般開本之後,我們推出全新暢銷版的攜帶本了!

★ 為了不想帶厚重書出門的您攜帶本就是「好翻、輕巧、好攜帶」!

《暢銷版 溜美國話中文就行啦》

有4個好正與4大保正,讓您非買不可:

1 大保正 直覺式中文拼音「搜一億(so easy)」

* 每個句子與單字,都有貼心的中文發音輔助。
* 配合外籍教師親自錄製光碟,從聽音下手,讓您的發音立即切換成「美國話」。
* 拼音過程不耗腦力,困難的解讀障礙一掃而空!有效降低初學者開口說美語的恐懼。

2 大保正 大聲唸出,學更快,MP3隨聽隨練

* 除了用閱讀來記憶之外,聽自己的聲音來記憶

也是學美語的好方法！

* 本書的中文拼音讓您看到即可開口唸，「眼＋耳」同步學習，想忘記都很難！

* 中文拼音簡單好唸，愈唸愈有趣、愈唸記愈牢，讓您體驗意想不到的快速學習！

3 大保正 老外常用50個替換句精挑細選

* 徹底活用初級會話必備的50個句型，想不溜都很難！

* 利用替換句型輕易激發每位讀者，不知不覺脫口說美語！

* 從基本句型延伸出去，活用在各種場面，學一句等於學五句！

4 大保正 生活、旅遊必遇場景，通通有

* 要求毛毯、想看報紙雜誌、詢問「素食餐」該怎麼說呀？

* 還是覺得只說「Thank you」不夠表達自己的感謝有多深嗎？

* 用讚美來當作感謝之意該用哪一句呢？

* 從自我介紹到聊天、從搭飛機到購物，翻開書就可唸！哇！一冊在手全都錄！

目錄

50 個 超好用句型

3

這是 ⬚ 的 ⬚ 。
This is+ 所有格 + 單數稱謂
力司 以司

這是他爸爸。
This is his father.
力司 以司 西子 發得

這是我的老師。
This is my teacher.
力司 以司 麥 踢球

替　換　看　看

他們的 / 媽媽	我們的 / 爸爸
their / mother	our / father
累兒 / 媽得	奧兒 / 發得

她的 / 哥哥（弟弟）	你的 / 姊姊（妹妹）
her / brother	your / sister
喝兒 / 布拉得	油兒 / 夕司特

4

他們是 ＿＿＿ 的 ＿＿＿ 。
They are + 所有格 + 複數稱謂
涙　　　阿

他們是我的父母。
They are my parents.
涙　　阿　麥　配潤此

他們是他的朋友們。
They are his friends.
涙　　阿　西子 福潤司

替　　換　　看　　看	
我們的 / 兄弟	她的 / 爺爺奶奶
our / brothers	her / grandparents
奧兒 / 不拉得司	喝兒 / 哥厭的配潤此
他們的 / 老師們	你們的 / 親戚們
their / teachers	your / relatives
涙兒 / 踢球司	油兒 / 瑞了提門司

50個超好用句型

5

我是個 ____ 。
I am a + 職業
愛 阿母 惡

我是個學生。
I am a student.
愛 阿母 惡 司丟等特

我是個醫生。
I am a doctor.
愛 阿母 惡 達可特

替 換 看 看

模特兒	播報員
model	reporter
麻豆	里剖兒特

律師	護士
lawyer	nurse
落爺噁	呢司

| 是 。 |
| **單數名詞** + is + **職業** |
| 以司 |

他是舞者。

He is a dancer.
西 以司 惡 的厭舍

她是警察。

She is police officer.
夕 以司 趴力司 喔否舍

替　換　看　看

爸爸 / 老師	祖母 / 廚師
Dad / a teacher	Grandma / a cook
爹的 / 惡 踢球	哥厭的媽 / 惡 庫可

我 / 司機	艾蜜莉 / 設計師
I / a driver	Emily / a designer
愛 / 惡 踥衣娥	艾蜜莉 / 惡 抵債兒

> 是 的。
> **主詞** + Be動詞 + **形容詞**

我很挑剔。

I am picky.
愛 阿母 屁基

我姊很和藹可親。

My sister is kind.
麥 夕司特 以司 開恩的

替 換 看 看

他 / 紳士	傑克 / 健談
He is / gentle	Jack is / talkative
西 以司 / 尖頭	傑克 以司 / 頭卡梯福

他的妻子 / 沉默寡言	那男人 / 頑固
His wife is / uiet	The man is / stubborn
西子 外夫 以司 / 烏衣耶特	得 面 以司 / 司達布龍

今天(很)　　　　。
It's + 形容詞 + today.
以次　　　　　　　土爹

今天很潮濕。
It's humid today.
以次 喝尤秘的 土爹

今天下雨。
It's raining today.
以次 銳尼恩 土爹

替　換　看　看	
涼	熱
cool	hot
庫了	哈特
溫暖	風很大
warm	windy
我兒母	我因低

在　　　。
主詞 + be動詞 + **現在分詞**

我們在閱讀雜誌。

We are reading magazines.
位　阿　里低恩　妹哥記嗯司

莉莎在睡覺。

Lisa is sleeping.
莉莎 以司 司力拼

替　換　看　看

我 / 做菜	她 / 唱歌
I am / cooking	She is / singing
愛 阿母 / 庫金	夕 以司 / 心印

他 / 做蛋糕	他們 / 吵架
He is / making cake	They are / arguing
西 以司 / 媚金 克也可	淚 阿 / 阿久因

很　　　。
主詞 + Be動詞 + **形容詞**

50個超好用句型

你很棒。
You are great.
油　阿　哥銳特

我的老師很神奇。
My teacher is amazing.
賣　踢球　以司 阿妹敬

替　換　看　看

她 / 漂亮	他 / 英俊
She is / pretty	He is / handsome
夕 以司 / 普里梯	西 以司 / 憨舍母

他們 / 調皮	詹姆士 / 風趣
They are / naughty	James is / funny
淚 阿 / 諾梯	詹姆士 以司 / 發尼

11

> ____ 不 ____ 。
> **主詞** + Be動詞 + not + **形容詞**
>   那特

你人不好。
You are not nice.
油 阿 那特 耐司

她不小氣。
She is not mean.
夕 以司 那特 秘嗯

替 換 看 看

他 / 英俊	她 / 聰明
He is / handsome	She is / smart
西 以司 / 憨舍母	夕 以司 / 司媽特

我 / 笨	他們 / 快樂
I am / stupid	They are / happy
愛 阿母 / 司丟屁的	淚 阿 / 黑皮

____ 會 ____ 嗎？

Will + 主詞 + 動詞 ?
為而

會下雪嗎？

Will it snow?
為而 以特 司諾

你會去派對嗎？

Will you go to the party?
為而 油 夠 兔 得 趴梯

替 換 看 看	
(天氣) / 出太陽	**她 / 來**
it / be sunny	she / come
以特 / 必 桑尼	夕 / 抗
彼得 / 去台北	**你 / 拿**
Peter / go to Taipei	you / take it
彼特 / 夠 兔 台北	油 / 貼克 以特

	會(要)		。
主詞	+ will +	動詞	+ 名詞
	為而		

我會邀請他。

I will invite him.
愛 為而 因外特 西母

他們會很開心。

They will be happy.
淚　為而 比 黑皮

替　換　看　看

我 / 結婚	他 / 生氣
I / get married	He / be mad
愛 / 給特 美麗的	西 / 比 美的

蘇珊 / 帶那個蛋糕來	詹姆士 / 去看醫生
Susan / bring the cake	James / go to the doctor.
蘇珊 / 布玲 得 克也可	詹姆士/夠兔得達可特

___ 喜歡 ___ 。

主詞 + love(s) + 動詞ing + 名詞
辣舞（司）

我很喜歡打網球。

I love playing tennis.
愛 辣舞 普淚因 貼尼司

他們很喜歡喝咖啡。

They love drinking coffee.
淚　　辣舞 醉金印　咖啡

替　換　看　看

我 / 買東西	瑪莉 / 看電視
I / going shopping	Mary / watching TV
愛 / 勾印 瞎拼	馬莉 / 哇請 梯夫

他們 / 聽音樂	他 / 讀小說
They / listening to music	He / reading novels
淚 / 力省 兔 妙記可	西 / 里低恩 那佛司

你喜歡　　　嗎？
Do you like + 名詞 ?
度　油　賴克

你喜歡馬鈴薯嗎？
Do you like potatoes?
度　油　賴克 趴貼投司

你喜歡我的髮型嗎？
Do you like my hairstyle?
度 油 賴克 麥 黑兒司太喔

替　換　看　看

布萊德彼特	台北
Brad Pitt	Taipei
布萊德 彼特	台北

巧克力	喜劇
chocolate	comedy
巧克力	抗的

他（她）喜歡 ▢▢▢ 嗎？

Does he (she) like + 名詞 ?

得司　西（夕）賴克

他喜歡熱狗嗎？

Does he like hot dogs?

得司　西　賴克 哈特 豆哥司

潔西喜歡芭比娃娃嗎？

Does Jessie like Barbie dolls?

得司　潔西　賴克 芭比　達了司

替　換　看　看

籃球	電玩
basketball	computer games
八司克伯	康普尤特 給母司

我的新鞋	總統
my new shoes	the president
麥 紐 舒司	得 普銳怎等特

21

____ 不 ____ ____。

主詞（I / You/複數名詞）+ don't
　　　　　　　　　　　　　　　　洞特
+ 原形動詞 + 名詞（動名詞）

喬治和瑪莉不使用信用卡。

George and Mary don't use credit cards.
喬治　　安得 瑪莉 洞特 油司 克瑞滴特 卡紙

他們不喜歡買東西。

They don't like shopping.
涙　　洞特 賴克 瞎拼

替　換　看　看

我 / 喜歡披薩	他們 / 有麵包
I / like pizza	They / have bread
愛 / 賴克 披薩	涙 / 黑夫 不瑞得

喬治和瑪莉 / 去買東西	我父母 / 喝咖啡
George and Mary / go shopping	My parents / drink coffee
喬治 安得 瑪莉 / 夠 瞎拼	麥 配潤此 / 准可 咖啡

____ 不 _____ _____ 。

主詞（第三人稱單數）+ doesn't
　　　　　　　　　　　　　得任特
+ 原形動詞 + 名詞（動名詞）

喬治不愛瑪莉。

George doesn't love Mary.
喬治　　得任特　辣舞　瑪莉

她不想要小的戒指。

She doesn't want a small ring.
夕　得任特　旺特　惡 司抹兒 玲

替 換 看 看

她 喜歡披薩	它 / 運作
She / like pizza	It / work
夕 / 賴克 披薩	以特 / 我可

喬治 / 吃午餐	瑪莉 / 煮晚餐
George / eat lunch	Mary / cook dinner
喬治 / 衣特 辣嗯七	瑪莉 / 庫可 低呢

能(會) 嗎？
Can + **主詞** + **動詞**
肯

你會溜冰嗎？
Can you skate?
肯　油　司給特

他們籃球打得好嗎？
Can they play baseball well?
肯　淚　波淚　背司伯　威兒

替　換　看　看

瑪莉 / 開車	你 / 修我的車
Mary / drive	you / fix my car
瑪莉 / 跩衣夫	油 / 吠渴死 麥 卡

她 / 打字	麵包師傅 / 烤麵包
she / type	the baker / bake
夕 / 太普	得 背可噁 / 背可

20

麻煩請給我 ___ 好嗎？

Can I have + 名詞 , please?
肯　艾 黑夫　　　　普力司

麻煩請給我一些水好嗎？

Can I have some water, please?
肯　艾 黑夫 山母　窩特　，普力司

麻煩請給我菜單好嗎？

Can I have the menu, please?
肯　艾 黑夫 得 妹牛　，普力司

替　換　看　看

菜單	少許冰塊
the menu	some ice
得 妹牛	山母 愛司

你的大名	你的電話號碼
your name	your phone number
油兒 內母	油兒 否嗯 藍波

個超好用句型

你會講 ▢ 嗎？
Can you speak + 語言 ?
肯　油　司屁可

你會講中文嗎？
Can you speak Chinese?
肯　油　司屁可　恰尼司

我會講一點英語。
I can speak a little English.
愛肯　司屁可　惡力頭　英格力序

替　換　看　看

義大利語	德語
Italian	German
義大利恩	久門

法語	日語
French	Japanese
福潤娶	甲胖妮子

___ 不能(不會) ___。

主詞 + can't + 動詞 + 名詞（介系詞片語）
肯特

我的孩子不會做功課。

My children can't do homework.
麥 求潤　　肯特 賭 後母我可

你不能跟他一起出去。

You can't go out with him.
油　肯特 夠 奧特 位子 西母

替　換　看　看

我的小孩 / 做功課	我們 / 去買東西
My children / do homework	We / go shopping
麥 求潤 / 賭 後母我可	威 / 夠 瞎拼
她 / 打掃家裡	他 / 跟你一起出去
She / clean the house	He / go out with you
夕 / 可林 得 好司	西 / 夠 奧特 位子 油

_____ 在哪裡？
Where is + the 地方名詞
惠兒　以司　得

公車站牌在哪裡？
Where is the bus stop?
惠兒　以司 得 巴士 司豆普

郵局在哪裡？
Where is the post office?
惠兒　以司 得 剖司特 歐非司

替　換　看　看

浴室	餐廳
bathroom	restaurant
貝司潤	瑞司特讓

銀行	醫院
bank	hospital
北恩客	哈司屁投

24

這附近有 ▨▨ 嗎？
Is there a + **地方名詞** + around here ?
以司 淚兒 惡　　　　　餓讓得　喜兒

這附近有轉搭地下鐵的車站嗎？
Is there a subway entrance around here?
以司 淚兒 惡 沙伯未 誒特潤司　餓讓得　喜兒

這附近有理髮店嗎？
Is there a barber shop around here?
以司 淚兒 惡 八伯　下普　餓讓得　喜兒

替　換　看　看

藥局	中國餐廳
pharmacy	Chinese restaurant
發母夕	恰尼司 瑞司特讓

洗手間	警察局
bathroom	police station
貝司潤	趴力司 司爹迅

麻煩請開到 _____ 。

To + 地點 , please.

兔　　　　普力司

麻煩請到中央公園。

To Central Park, please.

兔 仙特兒 趴兒可，普力司

麻煩請開到梅西百貨公司。

To Macy's Department Store, please.

兔 梅西司 地扒特門特　司頭兒，普力司

替 換 看 看

迪士尼樂園	格林威治
Disney Land	Greenwich
迪士尼 練得	格林威治

白金漢宮	第五大道
Buckingham Palace	Fifth Avenue
白金漢 陪力司	吠子 阿北牛

坐 ⬚⬚⬚ 嗎？
By + 交通工具 ?
拜

坐公車嗎？
by bus?
拜 巴士

坐地下鐵嗎？
by subway?
拜 沙伯未

替 換 看 看	
計程車	**火車**
taxi	train
貼克西	翠恩
飛機	**直升機**
plane	helicopter
波淚嗯	黑力卡普特

31

____ 多少個 ____ ?

How many + 可數複數名詞
浩　妹尼

+ **do (does / did)** + 主詞 + 原形動詞 ?
度　（得司 / 低的）

你想要幾個蘋果？

How many apples do you want?
浩　妹尼　阿波司　度　油　旺特

你看到了幾個學生？

How many students did you see?
浩　妹尼　司丟等此　低的　油　西

替　換　看　看

蘋果 / 你買了	姐妹 / 她有
apples / did you buy	sisters / does she have
阿波司 / 低的 油 拜	夕司特司 / 得司 夕 黑夫

洗手間 / 它有	小孩 / 他們想要
bathrooms / does it have	children / do they want
貝司潤司 / 得司 以特 黑夫	求潤 / 賭 淚 旺特

有多少 ◻◻◻◻◻ ◻◻◻◻◻ ?

How much + 不可數名詞

浩　罵取

+ do (does / did) + 主詞 + 原形動詞 ?
　度　（得司 / 低的）

你需要多少糖？

How much sugar do you need?
浩　罵取　舒哥　度　油　逆得

我有多少時間？

How much time do I have?
浩　罵取　太母　度 愛 黑夫

替　換　看　看

水 / 他喝了	錢 / 約翰有
water / did he drink	money / does John have
窩特 / 低的 西 准可	媽尼 / 得司 約翰 黑夫

鹽巴 / 她用了	米飯 / 你想要
salt / did she use	rice / do you want
收特 / 低的 夕 油司	銳司 / 度 油 旺特

請給我 ⬜⬜⬜ 。

名詞 + please.
　　　　普力司

請給我鮪魚三明治。

Tuna sandwich, please.
兔呢　先得位去　，普力司

請給我起士蛋糕。

Cheese cake, please.
起士　　克也可，普力司

替 換 看 看

咖啡	一份都市的地圖
coffee	a city map
咖啡	兒 西替 妹普

一些水果	雞肉
some fruit	chicken
山母 福鹿特	七克印

30

請給我 _____ 。

Please give me 數量 + 名詞
普力司　給夫　密

請給我兩塊餅乾。

Please give me two cookies.
普力司　給夫　密　兔　庫克衣司

請給我兩條毛巾。

Please give me two towels.
普力司　給夫　密　兔　淘兒司

替　換　看　看

兩張 / 郵票	一本 / 書
two / stamps	one / book
兔 / 司天普司	萬 / 不可

三張 / 票	一個 / 披薩
three / tickets	a / pizza
素力 / 梯克衣此	惡 / 披薩

你要些 ⬚ 嗎？
Would you like some + 名詞 ?
巫的　油　賴克　山母

你要來些飯嗎？
Would you like some rice?
巫的　油　賴克　山母　來司

你要來些茶嗎？
Would you like some tea?
巫的　油　賴克　山母　梯

替　換　看　看

水	一些果汁
water	juice
娃特	啾司

一些沙拉	一些麵包
salad	bread
沙拉	不瑞得

有想要 ＿＿ 什麼嗎？

Anything to + 動詞 ?

宴尼幸 兔

有什麼要報稅的嗎？

Anything to declare?

宴尼幸 兔 地克淚兒

有想要吃什麼嗎？

Anything to eat?

宴尼幸 兔 衣特

替 換 看 看

說	報稅
say	declare
誰	地克淚兒

討論	告訴我
talk about	tell me
頭可 阿抱特	貼兒 密

有 ___ 的嗎？
Anything + 比較級形容詞 ?
宴尼幸

有更好的嗎？
Anything better?
宴尼幸　貝特

有更便宜的嗎？
Anything cheaper?
宴尼幸　七波

替 換 看 看

更大	更普通
bigger	more common
逼哥	摸兒 可門

更特別	更早
more special	earlier
摸兒 司配秀	耳力耳

_____ 壞了。

The 名詞 + is broken

得 　　　 以司 不肉肯

電視壞了。

The TV is broken.

得 梯夫 以司 不肉肯

暖氣壞了。

The heater is broken.

得 　喝衣特 以司 不肉肯

替　換　看　看	
AC	**冰箱**
AC	refrigerator
唉西	銳非基銳特
鎖	**按摩浴缸**
lock	Jacuzzi
拉可	基庫記

想去 _____ _____ 。

主詞 + want(s) to + **動詞** + **名詞**
旺特(忘詞) 兔

她想買一輛車。

She wants to buy a car.
夕　忘詞　兔 拜　惡卡

我們想要退還這個。

We want to refund this.
威　旺特 兔　銳謊得 力司

替　換　看　看

我 / 點一杯飲料	她 / 休息
I / order a drink	She / take a rest
愛/ 歐得兒 惡 准可	夕 / 貼克 惡 銳司特

他們 / 付帳	我們 / 預約
They / pay the bill	We / make a reservation
淚 / 配 得 必了	威 / 妹克 惡 瑞惹非迅

___想要___。

主詞 + want(s) + 名詞
旺特(忘詞)

瑪莉想要一個起司漢堡。

Mary wants a cheeseburger.
瑪莉 忘詞 惡 妻子伯哥

我想要一個海鮮比薩。

I want a seafood pizza.
愛 旺特 惡 夕父的 披薩

替 換 看 看	
我 / 高麗菜	他們 / 退款
I / a cabbage	They / a refund
愛 / 惡 卡必基	淚 / 惡 銳謊得
瑪莉 / 一些冰淇淋	他 / 一張單人床
Mary / some ice cream	He / a single bed
瑪莉 / 山母 愛司 可里母	西 / 惡 欣勾 貝得

（37）

___ 尋找 ___。

主詞 + Be動詞 + looking for + 名詞
　　　　路克印　佛

他在尋找一條領帶。

He is looking for a tie.
西 以司 路克印　佛　惡 太

他們在尋找靴子。

They are looking for boots.
淚　　阿　路克印　佛　不此

替　換　看　看

他 / 一件背心	他們 / 皮包
He is / a vest	They are / a bag
西 以司 / 惡 飛司特	淚 阿 / 惡 北哥

我 / 一套西裝	她 / 一件夾克
I am / a suit	She is / a jacket
愛 阿母 / 惡 舒特	夕 以司 / 惡 甲基特

我不喜歡　　　。
I don't like the + 名詞
愛 洞特 賴克 得

我不喜歡這本書。
I don't like the book.
愛 洞特 賴克 得 不可

我不喜歡這鞋子。
I don't like the shoes.
愛 洞特 賴克 得 舒司

替 換 看 看	
食物 food 父的	**顏色** color 卡了
材質 material 門梯里兒	**口味** flavor 福淚夫娥

43

你有 ▢▢▢ 的 ▢▢▢ 嗎？
Do you have a + 比較級形容詞 + 名詞 ？
度　油　黑夫　惡

你有比較小的尺寸嗎？

Do you have a smaller size?
度　油　黑夫　惡 司眸樂　賽子

你有（比較年長）的哥哥嗎？

Do you have an older brother?
度　油　黑夫　安 歐得兒 布拉得

替　換　看　看

比較大的 / 尺寸	比較大的 / 袋子
larger / size	bigger / bag
拉急 / 賽子	必哥 / 北哥

比較小的 / 裙子	比較長的 / 假髮
smaller / skirt	longer / wig
司眸樂 / 司可特	龍哥 / 位哥

多少錢？
How much is the + 名詞 ?
浩　罵取 以司 得

票要多少錢？
How much is the ticket?
浩　罵取 以司 得 梯克衣特

車子要多少錢？
How much is the car?
浩　罵取 以司 得 卡

替　換　看　看

書	費用
book	fare
不可	非兒

裙子	休旅車
skirt	van
司可特	挖嗯

你能　　多　　？
How + 形容詞 + can you + 動詞 ?
浩　　　　　　　肯　油

你可以等多久？
How long can you wait?
好　弄　肯　油　未特

你可以跑多快？
How fast can you run?
浩　妃司特 肯油　軟

替　換　看　看

長 / 停留	快 / 到這裡
long / stay	quick / get here
弄 / 司爹	哭依可 / 給特 喜兒

快 / 打字	慢 / 走
fast / type	slow / walk
妃司特 / 太普	司露 / 我可

你 ___ 什麼 ___ ？
What + 名詞 + do you + 動詞 ?
華特　　　　　　度　油

你做甚麼運動？
What sport do you play?
華特　司剖特 度 油　波淚

你喜歡什麼動物？
What animals do you like?
華特　厭你墨司　度 油　賴克

替　換　看　看

遊戲 / 玩	顏色 / 想要
games / play	color / want
給母司 / 波淚	卡了 / 旺特

季節 / 喜歡	歌曲 / 知道
season / like	songs / know
夕怎 / 賴克	送歌詞 / 諾

你喜歡什麼樣的 ⬚ ？
What kind of + 名詞 + do you like?
華特 開恩的 歐夫　　　　度 油 賴克

你喜歡什麼樣的電影？
What kind of movie do you like?
華特 開恩的 歐夫 母微 度 油 賴克

你喜歡什麼樣的女孩？
What kind of girl do you like?
華特 開恩的 歐夫 各了 度 油 賴克

替 換 看 看

音樂	故事
music	story
妙記可	司投里

小說	水果
novel	fruit
那阿了	福鹿特

真是個 ＿＿＿ ＿＿＿ 啊！
What a + 形容詞 + 名詞 ?
華特　惡

真是個美好的世界！
What a wonderful world.
華特　惡 萬得佛　　我的

真是美妙的一天！
What a great day.
華特　惡 哥銳特 爹

替 換 看 看	
很棒的 / 景觀	**美好的 / 一天**
great / view	wonderful / day
哥銳特 / 非尤	萬得佛 / 爹
冷酷的 / 男人	**漂亮的 / 女人**
cool / man	pretty / woman
庫了 / 面	普里梯 / 巫妹

你 ___ 哪一個 ___ ?
Which + 名詞 + do you + 動詞
威取　　　　　　度 油

你走哪一條路？
Which way do you go?
威取　威　度　油　勾

你選哪一個顏色？
Which color do you pick?
威取　卡了　度 油　屁可

替 換 看 看

書 / 需要	襯衫 / 喜歡
book / need	shirt / like
不可/ 逆得	秀特 / 賴克

公車 / 搭乘	戒指 / 挑選
bus / take	ring / pick
巴士 / 貼克	玲 / 屁可

哇！ ⬜ 是 ⬜ 的。
Wow! The 名詞 + is + 形容詞!
哇嗚! 得 以司

哇！這洋裝真是漂亮！
Wow! The dress is gorgeous!
哇嗚! 得 最司 以司 狗假死!

哇！這禮物真是特別！
Wow! The gift is very special!
哇嗚! 得 給夫特 以司 飛里 司配秀!

替 換 看 看

表演 / 棒	建築 / 壯觀
show / great	building / enormous
秀 / 哥銳特	逼屋地印 / 衣諾母司

男孩 / 可愛	音樂會 / 驚人
boy / cute	concert / amazing
剝衣 / 克尤特	可恩舍特 / 惡妹記恩

我有 　　　　。
I have + 疾病名
愛　黑夫

我發燒了。
I have a fever
愛　黑夫　惡　吠爸

我咳嗽。
I have a cough.
愛　黑夫　惡　空福

替　換　看　看

頭痛	耳朵痛
a headache	an earache
惡　黑的也可	厭　衣兒也可

香港腳	咳嗽
athlete's foot	a cough
也可力特　富特	惡　空福

我的 ▨▨▨ 痛。

所有格 + 器官 + hurts
　　　　　　　　　 喝兒此

凱倫的背部下方會痛。

Karen's lower back hurts.
凱倫司　露兒　貝克　喝兒此

我的膝蓋痛。

My knees hurt.
麥　尼司　　喝兒特

替　換　看　看

我的 / 胃	他的 / 腿
my / tummy	his / leg
麥 / 達秘	西子 / 淚哥

她的 / 牙齒	梅莉莎的 / 手臂
her / tooth	Melissa's / arm
喝兒 / 兔士	梅莉莎司 / 阿母

> 遺失了 的 。
> **主詞** + lost + **所有格** + **名詞**
> 　　　漏司特

我遺失了我的鑰匙。
I lost my keys.
愛 漏司特 麥 克衣司

他遺失了他的護照。
He lost his passport.
西 漏司特 西子 扒司波特

替　換　看　看

我 / 我的信用卡	他 / 他的皮夾
I / my credit card	He / his wallet
愛 / 麥 克瑞滴特 卡得	西 / 西子 娃力特

她 / 她的項鍊	他們 / 他們的相機
She / her necklace	They / their camera
夕 / 喝兒 內可力司	淚 / 淚兒 卡妹拉

<table>
</table>

___ 是 ___ 的。

主詞 + Be動詞 + 形容詞

我累了。

I'm tired.

愛母 太兒的

他擔心。

He is worried.

西 以司 我銳的

替 換 看 看

我 / 高興	他 / 緊張的
I am / happy	He is / nervous
愛 阿母 / 黑皮	西 以司 / 呢北司

她 / 傷心的	我們 / 忙碌
She is / sad	We are / busy
夕 以司 / 誰的	威 阿 / 逼急

55

MEMO

Part1

日 常 簡 單 用 語

1. 日常用語

1 你好

你好！
Hello.
哈囉

嗨！
Hi.
害

早安。
Good morning.
古得 摸玲

午安。
Good afternoon.
古得 阿福特怒

您好嗎？(初次見面)
How do you do?
浩 度 油 度

你好嗎？
How are you?
浩 阿 油

很高興認識你！
Nice to meet you!
耐司 兔 密特 油！

發生了什麼事？
What's up?
華次 阿普

2 再見

Track-2

再見！
Good-bye.
古得–拜

再見！
Bye Bye.
拜 拜

回頭見。
See you later.
西 油 淚特兒

待會見。
Later.
淚特兒

晚安！
Good night.
古得 耐特

祝你有美好的一天。
Have a nice day.
黑夫 惡 耐司 爹

一路順風。
Have a good flight.
黑夫 惡 古得 福來特

保重。
Take care.
貼克 克也兒

 回答　　　　　　　　Track-3

是的。
Yes. / Yeah.
也司 / 鴨

是的，沒錯。
Yeah, right.
鴨，瑞特

我明白。
I see. / I think so.
愛 西 / 愛 幸克 受

原來如此。
Oh, that's why.
歐，列此 壞

不，謝謝你。
No, thank you.
諾，山可 油

我可不這麼認為。
I don't think so.
愛 洞特 幸克 受

沒關係。
That's ok.
列此 歐克也

好 / 沒問題。
OK.
歐克也

4 謝謝

非常感謝。
Thank you very much.
山可 油 飛里 罵取

謝謝。
Thanks.
山渴死

哇，你真好。
Wow, that's so nice of you.
哇嗚，列此 受 耐司 歐夫 油

謝謝你的幫忙。
Thanks for your help.
山渴死 佛 油兒 黑兒普

謝謝你抽空。
Thanks for your time.
山渴死 佛 油兒 太母

5 不客氣

不客氣。

You're welcome.

尤而 威兒肯

不必擔心這個。

Well, don't worry about it.

威兒，洞特 我銳衣 阿抱特 衣特

不客氣。

Not at all.

那特 阿特 喔了

沒問題。

No problem.

諾 普辣繃

這是我的榮幸。

My pleasure.

麥 波淚舅

喔！那沒什麼。

Oh, it's nothing.

歐，以次 那幸

日常簡單用語

63

真的！那沒什麼。

Really, it's nothing much.

銳力，以次 那幸 罵取

不要在意！

Don't mention it.

洞特 媚嗯尋 衣特

---

6 對不起

我很抱歉。

I'm sorry.

愛母 受里

對不起。

Sorry.

受里

我道歉。

I apologize.

愛 阿扒露加衣子

我對那事感到遺憾。

I'm sorry about that.

愛母 受里 阿抱特 列特

噢…對不起。

Oops. Sorry.

烏普司 受里

請原諒我。

Please forgive me.

普力司 佛給夫 蜜

7 借問一下

Track-7

對不起。

Excuse me.

衣克司克尤司 密

對不起，先生 / 小姐。

Excuse me, sir / ma'am.

衣克司克尤司 密，社兒 / 面恩

請你告訴我…好嗎？

Would you please tell me…?

巫的 油 普力司 貼兒 密

有誰知道…

Does anybody know…?

得司 宴尼剝的 諾

對不起，能打擾你一分鐘嗎？

Excuse me, do you have a minute?

衣克司克尤司 密，度 油 黑夫 惡 秘尼特

很抱歉打擾你,不過…。

Sorry to bother you, but... .

受里 兔 八得 油，八特

我可以問 / 請求…。

May I ask... .

妹 愛 阿司可

---

8 請再說一次 Track-8

再說一次好嗎？

Pardon?

趴兒等

再說一次好嗎？

Excuse me?

衣克司克尤司 密

可以請你重複一遍嗎？

Could you please repeat that?

庫 秋 普力司 里屁特 列特

你介意再說一遍嗎？

Do you mind saying that again?

度 油 麥的 誰印 列特 惡給

對不起，我剛剛沒有聽清楚。

I'm sorry, I didn't catch that.

愛母 受里，愛 低等特 可阿去 列特

你剛剛說什麼？

What did you say?

華特 低的 油 誰

---

9 感嘆詞

Track-9

（表示驚奇等）啊！糟了！

Gosh!

狗許!

（表示驚訝,讚賞等）哇！咦！啊！

Gee!

及!

這個嘛！

Well!

威兒!

（感嘆詞）真是的！
Shoot!
舒特！

（表示驚訝、狼狽、謝罪等的叫聲）哎喲！
Oops!
烏普司！

得了吧！
Come on!
抗 阿恩！

噢，天啊！
Oh, my!
歐，麥！

沒這回事／不可能！
No way!
諾 威！

Part2

跟自己
有關的話題

1. 說說自己

1 我的名字

Track-10

你叫什麼名字？
What's your name ?
華次 油兒 內母？

—我叫梅格萊恩。
—My name is <u>Meg Ryan</u>.
—麥 念 以司 梅格 萊恩

陳美玲	金博撒冷
Meiling Chen	Kimber Salen
美玲 陳	金博 撒冷

鈴木山崎	大衛舒茲
Suzuki Yamazaki	David Shultz
舒入克衣 鴨馬沙克衣	大衛 舒茲

吳明	芮妮布迪厄
Ming Wu	Renee Boudrieu
明 吳	芮妮 布迪厄

2 我姓史密斯

Track-11

你姓什麼？
What's your last name ?
華次 油兒 拉司特 內母？

—<u>史密斯</u>。

—<u>Smith</u>.
—史密斯

詹森	威廉
Johnson	William
詹森	威廉
瓊斯	布朗
Jones	Brown
瓊斯	布朗
大衛	米勒
David	Miller
大衛	米勒
威爾遜	莫爾
Wilson	Moore
威爾遜	莫爾
泰勒	安德森
Taylor	Anderson
泰勒	安德森
湯瑪士	傑克遜
Thomas	Jackson
湯姆士	捷克遜

例句

你好，我是泰利。
Hello, I'm Terry.
哈囉，愛母 泰利

我的名字是美玲，姓陳。
My first name is Meiling and my family name is Chen.
麥 佛司特 內母 以司 美玲 安得 麥 妃母力 內母 以司 陳

您好嗎？
How do you do?
浩 度 油 度

很高興認識你。
Nice to meet you.
耐司 兔 密特 油

很高興認識你。
Glad to meet you.
哥拉的 兔 密特 油

很高興認識您。
Pleased to meet you.
普力司的 兔 密特 油

很榮幸認識您。

It's a pleasure to meet you.
以次 惡 波淚九 兔 密特 油

你叫什麼名字？

What's your name?
華次 油兒 內母

③ 我來自台灣　　Track-12

你從哪裡來？
Where are you from ?
惠兒 阿 油 夫讓？

—我來自台灣。
—I'm from Taiwan.
—愛母 夫讓 台灣

中國	美國
China	the U.S.A
恰那	得 尤耶司耶
日本	加拿大
Japan	Canada
甲胖	肯那達
韓國	北韓
Korea	North Korea
可里阿	諾兒司 可里阿

73

印度	新加坡
India	Singapore
因低阿	新加坡

馬來西亞	菲律賓
Malaysia	the Philippines
馬來西亞	得 菲律賓

泰國	俄羅斯
Thailand	Russia
太連的	拉蝦

瑞典	瑞士
Sweden	Switzerland
司位等	司位球連的

 我住在台北 Track-13

你住哪裡？
Where do you live？
惠兒 度 油 力五？

－我住在台北。

－I live in <u>Taipei</u>.
－愛 力五 印 台北

北京（中國）	華盛頓（美國）
Beijing (China)	Washington (U.S.A)
北進（恰那）	哇心特恩（尤耶司耶）

東京（日本）	首爾（南韓）
Tokyo (Japan)	Seoul (South Korea)
頭殼喔（甲胖）	首爾（沙烏司 可力亞）
平壤（北韓）	新德里（印度）
Pyongyang (North Korea)	New Delhi (India)
平洋（諾兒司 可力亞）	紐 德里（因低阿）
新加坡（新加坡）	吉隆坡（馬來西亞）
Singapore (Singapore)	Kuala Lumpur (Malaysia)
新加坡（新加坡）	庫拉 路母撲兒（馬來西亞）
馬尼拉（菲律賓）	曼谷（泰國）
Manila (Philippines)	Bangkok (Thailand)
媽尼拉（菲律賓）	班卡可（太連的）
羅馬（義大利）	倫敦（英國）
Rome (Italy)	London (England)
羅馬（義大利）	藍燈的（印哥連）

跟自己有關的話題

例句

我是台灣人。

I'm Taiwanese.
愛母 台灣尼師

你是來自美國的嗎？

Are you from the U.S.A.?
阿 油 夫讓 得 尤耶司耶

我住在洛杉磯。

I live in Los Angeles.

愛 力五 印 洛杉磯

你英文說的真好。

You speak English very well.

油 司屁可 英格力序 飛里 餵兒

我會說一點點英文。

I speak a little English.

愛 司屁可 惡 力頭 英格力序

你學英文有多久了？

How long have you studied English?

好 弄 黑夫 油 司達弟的 英格力序

學了好幾個月。

For several months.

佛 誰飛辣 冒死

你會說中文嗎？

Can you speak Chinese?

肯 油 司屁可 恰尼司

5 我是英文老師　Track-14

你從事什麼工作？
What do you do？
華特 度 油 度？

―我是英文老師。
―I'm <u>an English teacher</u>.
―愛母 安 英格力序 踢球

醫生	護士
a doctor	a nurse
惡 達可特	惡 呢司

律師	商人
a lawyer	a businessperson
惡 落爺	惡 逼司逆司坡神

作家	電腦程式員
a writer	a computer programmer
惡 銳特	惡 卡母普尤特 普弱哥辣媽

記者	學生
a reporter	a student
惡 里剖特	惡 司丟等特

例句

我在貿易公司工作。
I work in a trading company.
愛 我可 印 惡 吹低恩 康普尼

我為政府工作。
I work for the government.
愛 我可 佛 得 哥福妹特

我自己經營事業。
I run my own business.
愛 讓安 麥 昂 逼及逆司

我開了一家理髮店。
I have a barbershop.
愛 黑夫 惡 八布兒下普

我在大學教書。
I teach in a university.
愛 踢球 印 惡 由你玩色梯

我是全職的家庭主婦。
I'm a full-time housewife.
愛母 惡 富兒–太母 好司外夫

我是家庭主婦。

I'm a homemaker.

愛母 惡 後母妹可

我自己當老闆做生意。

I'm self-employed.

愛母 誰兒福–印普落雨的

好用單字

全職	兼職
full-time	part-time
富兒–太母	趴特–太母
待業中	正在找工作 / 待職中
unemployed	looking for a job
昂印普落雨的	路克印 佛 惡 加布

剛畢業
just graduated from school
架司特 哥累啾的 夫讓 司庫了

剛退伍
just got out of the army
架司特 哥啊特 奧特 歐夫 得 阿秘

我想當棒球選手　　　　Track-15

你想要從事什麼工作？
What do you want to be ?
華特 度 油 旺特 兔 必？

一棒球選手。
一A baseball player.
一惡 背司伯 波淚兒

作家	翻譯員
A writer	A translator
惡 瑞特兒	惡 傳司淚特
電視節目製作人	導遊
A TV producer	A tour guide
惡 梯夫 普若丟舍	兒 兔兒 蓋得
老師	歌手
A teacher	A singer
惡 踢球	惡 心歌兒
科學家	總統
A scientist	A President
惡 賽因梯司特	惡 普銳怎特
企劃者	護士
A planner	A nurse
惡 普練呢	惡 呢司

音樂家	電影明星
A musician	A movie star
惡 妙計想	惡 母微 司踏兒

7 這是楊先生

Track-16

這位是楊先生。
This is Mr. Yang.
力司 以司 密司特 楊

一很高興見到你。

一Nice to meet you.
一耐司 兔 密特 油

王	陳	林
Wang	Chen	Lin
王	陳	林

黃	張	李
Huang	Chang	Li
黃	張	李

吳	劉	蔡
Wu	Liu	Tsai
吳	劉	蔡

2. 介紹家人

1 這是我爸爸

這是我爸爸。
This is my <u>father</u>.
力司 以司 麥 發得兒

媽媽	哥哥
mother	older brother
媽得兒	歐得 布拉得
弟弟	姊姊
younger brother	older sister
洋哥 布拉得	歐得 夕司特
妹妹	妻子
younger sister	wife
洋哥 夕司特	外夫
丈夫	叔叔、舅舅
husband	uncle
哈子笨的	昂扣
姨媽、姑姑	表兄弟姐妹
aunt	cousin
昂特	卡怎
姪女、外甥女	姪子、外甥
niece	nephew
尼司	內妃

兒子	女兒
son	daughter
桑	豆特

祖父	祖母
grandfather	grandmother
哥念發得兒	哥念媽得兒

例句

我有一個女兒。

I have a daughter.

愛 黑夫 惡 豆特

他們是我的父母。

They are my parents.

淚 阿 麥 配潤此

我是家裡的獨生子（獨生女）。

I'm an only child.

愛母 安 翁力 洽了的

我沒有兒女。

I don't have any kids.

愛 洞特 黑夫 宴尼 克衣此

我有一個弟弟（哥哥）和兩個妹妹（姊姊）。

I have a brother and two sisters.

愛 黑夫 惡 布拉得 安得 兔 夕司特司

我是家裡的老么。

I'm the youngest in my family.

愛母 得 洋基司特 印 麥 發秘裡

我媽媽去世了。

My mom passed away.

麥 媽母 陪司特 惡威

我爸爸獨自撫養我們長大。

My dad raised us by himself.

麥 爹的 銳子的 阿司 百 西母誰了福

他必須非常辛苦的工作。

He had to work very hard.

西 黑得 兔 我可 飛里 哈的

我們互相照顧對方。

We took care of each other.

威 兔可 克也兒 歐夫 衣取 阿得

他不曾再婚。

He never remarried.

西 內娥 銳美麗的

我們非常想念我們的母親。

We miss our mom very much.

威 秘司 奧兒 媽母 飛里 罵取

2 哥哥是汽車行銷員

你哥哥（弟弟）從事什麼工作的？

What does your brother do?

華特 得司 油兒 布拉得 度

我哥哥（弟弟）是汽車行銷員。

My brother is a car dealer.

麥 布拉得 以司 惡 卡 弟淚兒

他在一家速食餐廳打工。

He works part-time in a fast food restaurant.

西 我可司 趴特-太母 印 惡 妃司特 父的 瑞司特讓

我爸爸擁有一間婚紗攝影室。

My dad has a wedding studio.

麥 爹的 哈司 惡 威低恩 司丟低歐

她就讀研究所。

She's in graduate school.

夕司 印 哥累九也特 撕褲兒

她在花旗銀行工作。

She works at City Bank.

夕 我可司 阿特 西替 北恩客

他們是開花店的。

They are florists.

淚 阿 福露衣此

他剛退伍。

He just got out of the army.

西 架司特 勾特 奧特 歐夫 得 阿密

他正在找工作。

He is between jobs.

西 以司 必土因 家譜司

我的哥哥（弟弟）從事他技術專長的工作。

My brother is working on his skill set.
麥 布拉得 以司 我金印 昂 西子 司基了 誰特

3 我妹妹有點害羞

我妹妹（姊姊）有一點害羞。

My sister is a little shy.
麥 夕司特 以司 惡 力頭 下昏

溫柔	安靜
gentle	quiet
尖頭	跨衣惡特

外向	固執
outgoing	stubborn
傲特勾引	司達笨

勤快	慷慨
diligent	generous
低力俊特	尖呢拉司

急性子	
hot-tempered	
哈特–天普銳的	

87

例句

我妹妹（姊姊）是個可愛的女生。

My sister is a sweet girl.

麥 夕司特 以司 惡 司威特 各了

我弟弟（哥哥）沒有女朋友。

My brother doesn't have a girlfriend.

麥 布拉得 得任特 黑夫 惡 哥柔福宴得

他擅長運動。

He is good at sports.

西 以司 古得 阿特 司剖此

她網球打得很好。

She plays tennis very well.

夕 波淚司 貼尼司 飛里 餵兒

她住在香港。

She lives in Hong Kong.

夕 力五司 印 哈恩抗

我父親非常隨和。

My father is very easygoing.

麥 發得兒 以司 飛里 衣記勾引

我的朋友都很喜愛我的父母親。

My friends love my parents.

麥 非宴司 辣舞 麥 配潤此

我女兒主修音樂。

My daughter majors in music.

麥 豆特 媚九司 印 妙記可

我妹妹（姊姊）很少與人來往。

My sister keeps to herself a lot.

麥 夕司特 基波司 兔 喝兒誰了福 惡 拉特

她很聰明，不過她不太發表意見。

She's very smart, but she doesn't say much.

夕司 飛里 司媽特，巴特 夕 得任特 誰 罵取

好用單字

可愛的、小巧玲瓏的	漂亮的、秀麗的
cute	pretty
克尤特	普里梯

苗條的、纖細的	圓胖的、豐滿的
slim	chubby
司力母	恰必

肥胖的	皮包骨的、極瘦的
fat	skinny
肥特	司基尼

已婚的、有配偶的	單身的、未婚的
married	single
美麗的	欣勾

3. 談天氣

1 今天真熱

今天真熱。
It's <u>hot</u> today.
以次 哈特 土爹

涼快的 cool 庫了	冷的、寒冷的 cold 扣得
多雲的、陰天的 cloudy 可老低	溫暖的、暖和的 warm 我母
潮濕的 humid 休秘的	有霧的、多霧的 foggy 發基
有起風 windy 溫低	下雨的、多雨的 rainy 銳尼

跟自己有關的話題

例句

今天天氣如何？
How's the weather today?
浩司 得 威得 土爹

天氣真棒。
The weather is great.
得 威得 以司 哥銳特

天氣晴朗。
It's a sunny day.
以次 惡 桑衣 爹

下著大雨。
It's raining hard.
以次 銳零 哈的

多雲。
It's cloudy.
以次 可老低

天色看起來好像要下雨。
It looks like it's going to rain.
以特 路克司 賴克 以次 勾印 兔 銳恩

我們這裡明天颳颱風。

We'll have a typhoon tomorrow.

餵兒 黑夫 惡 太瘋 土媽弱

天啊！天氣變得那麼快。

Man! It changed so fast.

冕！ 以特 欠及得 受 妃司特

外面風還蠻大的。

It's pretty windy out there.

以次 普里梯 溫低 奧特 貼兒

真是個萬里晴空的日子！

What a clear day!

華特 惡 克力兒 爹！

氣溫幾度？

What's the temperature?

華次 得 天不拉球

34度。

It's 34 degrees.

以次 色體佛 低哥里司

好用單字

度、度數	攝氏溫度
degree(s)	Centigrade
低哥里（司）	仙特哥銳的

華氏溫度	溫度計
Fahrenheit	thermometer
妃潤害特	得兒摸媚特

*雨衣	*雨傘
rain coat	umbrella
銳印 口特	阿母布銳拉

*下大雨	*淋濕
a heavy rain	to be soaked
惡 黑夫 銳嗯	兔 比 受可特

② 紐約天氣怎麼樣

紐約的天氣怎麼樣？

How is <u>the weather</u> in New York ?
浩 以司 得 威得 印 紐 約克

春天	夏天
spring	summer
司普玲	桑門

秋天	冬天
fall / autumn	winter
發了 / 喔疼	暈特

例句

夏天炎熱。

It's hot in the summer.
以次 哈特 印 得 桑門

有時候下午會下雨。

It rains sometimes in the afternoon.
以特 銳嗯司 山太母司 印 得 阿福特怒

在這裡，秋天是最棒的季節。

Fall is the best season of the year here.
發了 以司 得 背司特 夕怎 歐夫 得 衣兒 喜兒

這裡天氣涼快的程度和加州差不多。

The weather is about as cool as it is in California.

得 威得 以司 阿抱特 阿司 庫了 阿司 以特 以司 印 加力佛尼亞

雨季是從四月到八月。

The rainy season is from April to August.

得 銳嗯 夕怎 以司 夫讓 唉普若 兔 歐哥司特

一月份和二月份常常會下雪。

It snows often in January and February.

以特 司諾司 喔粉 印 甲牛里 安得 非布鹿里

春天是很美妙的。

Spring is lovely.

司普林 以司 辣舞里

這裡的冬天通常很冷。

The winters are usually chilly here.

得 我因特司 阿 尤究力 七力 喜兒

3 明天會下雨嗎

明天會<u>下雨</u>嗎？

Will we have <u>rain</u> tomorrow？

為而 威 黑夫 銳嗯 土馬肉

雪	雨
snow	rain
司諾	銳嗯
颱風	雷陣雨
a typhoon	thundershowers
惡 太瘋	桑得笑兒司
霧	颶風
fog	a hurricane
否哥	惡 黑瑞肯
冰雹	冷鋒面
hail	a cold front
黑了	惡 扣得 夫郎特

跟自己有關的話題

97

例句

本週末會變得比較涼快。
It will become cooler this weekend.
以特 為而 必抗 庫了 力司 位肯的

本週三會刮颱風。
We'll have a typhoon this Wednesday.
餵兒 黑夫 惡 太瘋 力司 溫司爹

明天的天氣如何?
How will the weather be tomorrow?
浩 為而 得 威得 比 土馬肉

明天可能會下雨。
It might rain tomorrow.
以特 麥特 銳嗯 土馬肉

傍晚溫度會下降2至3度。
The temperature will drop 2 to 3
得 天不拉球 為而 捉普 兔 兔 素力
degrees in the evening.
低哥銳司 印 得 衣文玲

4. 談個性

1 我的生日是三月二十四日

Track-23

你的生日在什麼時候？

When is your birthday ?
惠恩 以司 油兒 八司爹

—我的生日是<u>三月二十四日</u>。

—My birthday is on <u>March 24th</u>.
一麥 八司爹 以司 昂 媽娶 團體否史

一月二十日	二月二日
January twentieth	February second
珍妮呢瑞 團體餓史	非布兒瑞 誰看的
三月十六日	**四月一日**
March sixteenth	April first
媽娶 西克司聽史	啊普了 佛司特
五月十四日	**六月十一日**
May fourteenth	June eleventh
妹 否停史	啾嗯 衣淚文史
七月三日	**八月八日**
July third	August eighth
啾來 色的	阿基司特 耶史

99

例句

你是幾年出生的？
What year were you born?
華特 易兒 為兒 油 伯恩

我是1975年出生的。
I was born in 1975.
愛 襪絲 伯恩 印 奈聽誰吻聽發福

我的生日是在五月。
My birthday is in May.
麥 八司爹 以司 印 妹

你會在生日做些什麼？
What will you do on your birthday?
華特 為而 油 賭 昂 油兒 八司爹

我今年就二十歲了。
I will be twenty this year.
愛 為而 比 團體 力司 易兒

② 我是雙子座

你是什麼星座呢？

What's your sign ?
華次 油兒 賽印

—我是雙子座。

—I'm a Gemini.
—愛母 惡 假蜜來

跟自己有關的話題

白羊座	金牛座
Aries	Taurus
愛里思	頭拉司
雙子座	巨蟹座
Gemini	Cancer
假蜜來	肯舍
獅子座	處女座
Leo	Virgo
力歐	福額ㄍ
天秤座	天蠍座
Libra	Scorpio
力不辣	司扣屁歐
射手座	摩羯座
Sagittarius	Capricorn
沙及貼里惡司	卡普空恩

水瓶座	雙魚座
Aquarius	Pisces
阿窺里惡司	拍夕子

例句

我猜你是處女座。
I bet you are a Virgo.
愛 背特 油 阿 惡 福額勾

雙魚座非常有藝術氣息。
Pisces are very artistic.
拍夕子 阿 飛里 阿梯司梯可

射手座很活潑外向。
Sagittarius are active and out-going.
沙及貼里惡司 阿 阿可梯夫 安得 阿巫特-勾印

你完全不像天秤座。
You are not like a Libra at all.
油 阿 那特 賴克 惡 力不辣 阿特 喔了

我不相信那一套。
I don't believe in that kind of stuff.
愛 洞特 必力夫 印 列特 開恩的 歐夫 司達福

這完全不合理。

It just doesn't make any sense.

以特 架司特 得任特 妹克 宴尼 仙司

你每天都會看你的星座運勢嗎？

Do you read your horoscope every day?

賭 油 里的 油兒 后司口普 耶飛 爹

我媽媽和我太太都是魔羯座的。

My mother is a Capricorn and so is my wife.

麥 媽得 以司 惡 卡普空恩 安得 受 以司 麥 外夫

我認為星座占卜很有意思。

I think astrology is very interesting.

愛 幸克 惡司抓辣雞 以司 飛里 因翠司梯恩

巨蟹座是很情緒化的。

Cancers are highly emotional.

肯舍 阿 害力 衣摸巡了

好用單字

雅緻的、優美的	吹毛求疵的、挑剔的
elegant	picky
耶淚更特	屁基

獨立的、自主的	樂觀的
independent	optimistic
因低配等特	啊普替秘司梯可

有耐心的、能忍受的	隨和的
patient	easygoing
配想特	一起勾引

倔強的、頑固的	悲觀的
stubborn	pessimistic
司達笨	配色秘司梯可

3 我覺得她很多愁善感 Track-25

我覺得她很多愁善感。

I think she's very <u>sentimental</u>.
愛 幸克 夕司 飛里 仙特面投

浪漫的、多情的	被動的、消極的
romantic	passive
羅曼蒂克	陪夕夫

主動的、活潑的	負責任的
active	responsible
阿克梯夫	里司胖蝦剝

敏感的、靈敏的	擅長交際的
sensitive	sociable
仙夕梯夫	受蝦剝

例句

我受不了她！
I can't stand her!
愛 肯特 司天得 喝兒

她就是不能閉嘴。
She never shuts up.
夕 內佛兒 蝦此 阿普

我想她只是日子不太好過。
I think she's just having a hard time.
愛 幸克 夕司 架司特 黑文 惡 哈的 太母

我對某些事情抱著極負面的想法。
I'm very negative about some things.
愛母 飛里 內幾惡梯夫 阿抱特 山母 幸司

你總是看事情好的一面。
You always look on the bright side.
油 喔威司 路克 昂 得 布瑞特 賽的

你真是非常仁慈。

You really are very kind.
油 銳阿力 阿 飛里 開恩的

他正好不是我喜歡的那一型。

He's just not my type.
喜事 架司特 那特 麥 太普

他經常道人長短。

He gossips a lot.
西 哥阿蝦普司 惡 拉特

5. 興趣與嗜好

① 我喜歡看小說　　Track-26

你週末喜歡做什麼？

What do you like to do on the weekend ?

華特 賭 油 賴克 兔 賭 昂 得 威肯得

—我喜歡閱讀小說。

—I love <u>reading novels</u>.

—愛 辣舞 里低恩 那佛司

跟自己有關的話題

逛街	看電視
to go shopping	watching TV
兔 夠 瞎拼	哇請 梯夫

健行	和家人共度
to go hiking	spending time with my family
兔 夠 海金印	司配低恩 太母 位子 麥 發秘力

和朋友去KTV唱歌
going to KTV with friends
勾印 兔 克也梯夫 位子 非宴此

只要跟你在一起
just being with you
架司特 必印 位子 油

例句

我喜歡開車兜風
I like driving around.
艾 賴克 踡衣玲 餓讓得

我喜歡旅行。
I like to go traveling.
艾 賴克 兔 夠 查阿夫林

我什麼都不能做。我要工作。
I can't do anything. I have to work.
愛 肯特 賭 宴尼幸。愛 黑夫 兔 我可

不做什麼。只在家休息。
Nothing special. Just resting at home.
那幸 司配秀。架司特 銳司停 阿特 厚恩

我週末有兼差的工作。
I have a part-time job on the weekend.
愛 黑夫 惡 趴特-太母 假布 昂 得 威肯得

我喜歡去看棒球比賽。
I like to go to a baseball game.
艾 賴克 兔 夠 兔 惡 背司伯 給母

明天我們要外出去旅行。

Tomorrow we will go out for a trip.
土馬肉 威 為而 夠 奧特 佛 惡 翠普

我一直都很期待這個。

I'm really looking forward to this.
愛母 銳啊里 路克印 否我的 兔 力司

這聽起來很有趣。

That sounds fun.
列特 桑此 福安

那真是糟糕。

That's awful.
列此 喔佛

2 我喜歡打籃球　　Track-27

你喜歡運動嗎？

Do you like sports？
賭 油 賴克 司剖此

—喜歡，我喜歡打籃球。

—Yeah, I love playing basketball.
一鴨，愛 辣舞 波淚因 八司克伯

109

美式足球	足球
football	soccer
夫特伯	沙可

高爾夫球	網球
golf	tennis
勾福	貼尼司

羽毛球	曲棍球
badminton	hockey
爸的秘疼	哈基

排球	壘球
volleyball	softball
挖力伯	受福特伯

例句

我是洋基隊的忠實球迷。

I'm a big Yankees fan.

愛母 惡 必哥 洋基司 粉絲

我不會錯過ESPN播放的任何一場比賽。

I never miss a game on ESPN.

愛 內佛兒 秘司 惡 給母 昂 耶司屁恩

我喜歡看美式足球賽。

I love football games.

愛 辣舞 父特伯 給母司

你想要找個時間一起打網球嗎？

Do you want to play tennis together sometime?

賭 油 旺特 兔 波淚 貼尼司 特給得 山姆太母

好的，我們找個時間打球吧。

Yeah, let's do it sometime.

鴨，列此 賭 以特 山姆太母

這個嘛，我不太擅長運動。

Well, I'm not too good at sports.

餵兒，愛母 那特 兔 古得 阿特 司剖此

籃球是我喜愛的運動。

Basketball is my favorite sport.

八司克伯 以司 麥 非北里特 司剖特

你知道怎麼滑水嗎？

Do you know how to water-ski?

賭 油 諾 浩 兔 蛙特-司克衣

我是第一次。

This is my first time.

力司 以司 麥 佛司特 太母

你會潛水嗎？

Can you dive?

肯 油 大夫

我很喜歡潛水。

I like diving very much.

艾 賴克 大夫印 飛里 罵取

不，我不知道怎麼做。

No, I don't know how.

諾，愛 洞特 諾 浩

---

3 我不玩團隊運動，但我游泳

Track-28

我不玩團隊運動，但我游泳。

I don't do team sports, but I <u>swim</u>.

愛 洞特 賭 梯母 司剖此，八特 愛 司位母

騎腳踏車	釣魚
go biking / go cycling	go fishing
ㄍ 拜金印 / ㄍ 塞可林	ㄍ 吠心

做有氧運動	慢跑
do aerobics	go jogging
ㄍ 耶弱必死	ㄍ 加哥印

空手道	衝浪
do karate	go surfing
勾 卡辣敵	勾 社吠恩
做瑜珈	攀岩
do yoga	go rock climbing
勾 又咖	勾 辣可 可來明
滑雪	去健身房健身
go skiing	work out in the gym
勾 司基印	我可 奧特 印 得 尖母

例句

你做運動嗎？
Do you do exercises?
賭 油 賭 耶可賽西施

你多久去一次健身房健身？
How often do you work out in the gym?
浩 歐份 度 油 我可 奧特 印 得 尖母

哇！這聽起來很有趣。
Wow, that sounds fun.
哇嗚，列特 桑此 父嗯

這很難嗎?

Is that difficult?

以司 列特 低否扣特

我不看ESPN的。

I don't watch ESPN.

愛 洞特 挖取 耶司屁嗯

你喜歡登山旅行嗎?

Did you enjoy the mountaineering trip?

低的 油 因救姨 得 貓特尼玲 催普

我很喜歡。

I liked it very much.

艾 賴克 以特 飛里 罵取

我喜歡自己一個人運動。

I enjoy exercising on my own.

愛 印九姨 耶可社賽新 昂 麥 翁

4 我的嗜好是收集卡片　　Track-29

你的嗜好是什麼？

What's your hobby ?

華次 油兒 哈必

—我的嗜好是收集卡片.

—My hobby is <u>collecting cards</u>.

—麥 哈必 以司 卡淚可停 卡次

聽音樂	唱卡拉OK
listening to music	karaoke
力孃印 兔 妙記可	卡拉歐基

看電影	閱讀
watching movies	reading
蛙請 母微司	里低恩

看電視	上網
watching TV	browsing the Internet
蛙請 梯夫	布拉幾 得 印特內特

玩電視遊樂器	畫圖
playing video games	drawing pictures
波淚因 非地歐 給母司	左因 皮客求司

彈鋼琴	彈吉他
playing the piano	playing the guitar
普累因 得 屁啊諾	普累因 得 基踏兒

115

烹飪	購物
cooking	shopping
庫金印	瞎拼

旅遊	高爾夫
traveling	golf
催阿飛林	勾福

6. 談電影、電視與音樂

1 我喜歡動作片

你喜歡什麼類型的電影?

What kind of movies do you like ?

華特 開恩的 歐夫 母微司 賭 油 賴克

一我喜歡動作片。

—I like <u>action movies</u>.

一艾 賴克 阿可想 母微司

愛情片	戲劇
romance movies	dramas
羅曼史 母微司	抓媽司

悲劇	漫畫	*喜劇
tragedies	comics	comedies
特辣基低司	抗米克司	抗米低司

動畫	懸疑片
animations	mysteries
阿尼妹想司	秘司特里司

科幻片	恐怖片
science-fiction / sci-fi	horror movies
賽恩司-吠可想 / 賽-壞	后弱 母微司

例句

「親家路窄」是我喜愛的喜劇。

Meet the Parents is my favorite comedy.

密特 得 配潤此 以司 麥 飛鵝 抗米低

117

音效做得真棒！

The sound effects are great.

得 桑的 耶非此 阿 哥銳特

天吶！這是一部很傷感的電影。

Man! That was a sad movie.

冕！列特 哇司 惡 誰的 母微

是的，卡司陣容堅強。

Yeah, just a big cast.

鴨，架司特 惡 必哥 卡司特

喔，這是一部經典電影。

Oh, that's a classic.

歐，列此 惡 克拉夕可

最後一幕叫人非常沮喪。

The last scene is very depressing.

得 拉司特 心 以司 飛里 低普銳心

很有趣，而且很刺激。

It was very interesting and exciting.

以特 哇司 飛里 因翠司聽 安得 衣可賽停

男主角的演技太棒了！

The hero's acting is wonderful.

得 西弱司 阿可聽 以司 萬得佛

我真的太喜歡這個角色了！

I really love that character.

愛 銳阿力 辣舞 列特 可瑞可特

我也是。

Me too!

秘 兔

和電影相比，我更喜歡談話性節目。

I prefer talk shows to movies.

愛 普里佛 頭可 秀司 兔 母微司

我一個月大概會看一兩次電影。

I go to the movies once or twice a month.

愛 夠 兔 得 母微司 萬司 喔兒 特外司 惡 慢司

---

*一起看電視好嗎？

Shall we watch TV?

蝦 威 娃娶 梯夫

> *你喜歡看什麼電視節目?
>
> **What kind of TV shows do you enjoy?**
> 華特 開恩的 歐夫 梯夫 秀司 賭 油 飲酒乙

好用單字

票房賣座	劇情
box-office hit	plot
爸克司-歐福衣司 喝衣特	波拉特

預告片	最佳電影
preview	best picture
普里尤	背司特 皮客求

男主角	女配角
leading actor	supporting actress
力定 阿可特	舒波定 阿可吹司

視覺效果	主題
visual effects	theme
夫究我 兒非此	地恩

2 你喜歡古典樂嗎? Track-31

> 你喜歡古典樂嗎?
>
> **Do you like classical music?**
> 賭 油 賴克 克拉夕扣 妙記可

古典樂	流行樂
classical music	popular music
克拉夕扣 妙記可	巴比了 妙記可

120

爵士樂	歌劇
jazz	opera
甲子	阿婆啦

重金屬	搖滾樂
heavy metal	rock and roll
黑非 媚投	落可 燕 弱了

情歌	鄉村音樂
love songs	country music
辣舞 收恩司	康催 妙記可

抒情音樂	饒舌
soft music	rap
受福特 妙記可	辣普

藍調音樂	*交響樂
R&B(rhythm & blues)	symphonic music
阿魯 厭的 必(里等 厭的 不魯司)	夕發尼可 妙記可

例句

我喜歡它的歌詞。

I like the lyrics.
艾 賴克 得 力瑞可司

我不喜歡重節奏。

I don't like strong beats.
愛 洞特 賴克 司創 必此

我想去聽音樂會。

I want to go to the concert.

愛 旺特 兔 夠 兔 得 康舍特

音樂會如何？

How was the concert?

浩 哇司 得 康舍特

他有很棒的嗓子。

He has a great voice.

西 哈司 惡 哥銳特 某乙司

這個嘛，我受不了饒舌。

Well, I can't stand rap.

餵兒，愛肯特 司天得 辣普

古典音樂常讓我想睡覺。

Classical music puts me to sleep.

克拉夕扣 妙記可 撲此 密 兔 司力普

比莉哈樂黛是我喜愛的爵士歌手。

Billie Holiday is my favorite jazz singer.

比莉 哈樂黛 以司 麥 飛蛾里特 甲子 心歌

Part3

旅遊會話

1. 在飛機上

1 我要柳丁汁

你想要喝點飲料嗎？
Would you like something to drink ?
巫的 油 賴克 山幸 兔 准可

—橘子汁，謝謝。

—<u>Orange juice</u>, please.
—歐林及 啾司，普力司

咖啡	茶
Coffee	Tea
咖啡	替

蘋果汁	汽水
Apple juice	Soda
阿波 啾司	蘇達

水	紅酒
Water	Red wine
我特	瑞得 外印

啤酒
Beer
比兒

例句

不要加冰塊，謝謝你。
No ice, please.
諾 愛司，普力司

再來一杯啤酒，謝謝你。

Another beer, please.
安那得 比兒，普力司

要些花生，謝謝你。

Some peanuts, please.
山母 屁那此，普力司

吸管，謝謝你。

A straw, please.
惡 司抓，普力司

多加一點冰塊，謝謝你。

More ice, please.
摸兒 愛司，普力司

再回沖一些咖啡，謝謝你。

A refill, please.
惡 里吷兒，普力司

請給我一整罐。

The whole can, please.
得 厚 肯恩，普力司

雞尾酒要多少錢？

How much is a cocktail?

浩 罵取 以司 惡 卡庫貼歐

這是現搾的新鮮果汁嗎？

Is the juice fresh-squeezed?

以司 得 啾司 福銳許–司盔子

麻煩一下，我要去咖啡因的。

Decaf, please.

低卡，普力司

---

2 給我雞肉飯

Track-33

要雞肉飯還是魚排麵？

Chicken rice or fish noodles？

七肯 銳司 歐兒 吠許 你豆司

—雞，謝謝你。

—Chicken, please.

—七肯，普力司

麵包	沙拉
Bread	Salad
不瑞得	沙拉
水果	牛肉
Fruit	Beef
福鹿特	必福

豬肉		素菜餐	
Pork		A vegetarian meal	
迫兒可		惡 北極貼里昂 妹兒	
兒童餐		牛排	
A child's meal		Steak	
惡 恰兒子 妹兒		司貼可	

例句

我已經叫了一份嬰兒餐。

I ordered an infant meal.

愛 歐得 安 燕否恩 妹兒

你們有沒有泡麵？

Do you have instant noodles?

賭 油 黑夫 因司天特 奴都司

我可以再要一份餐嗎？

Can I have another meal?

肯 艾 黑夫 安那得 妹兒

可以，如果我們有剩的話。

Yes, if we have any left.

也司，衣福 威 黑夫 宴尼 力夫特

對不起，我們只剩魚麵。
Sorry, we only have fish noodles left.
受里，威 歐尼 黑夫 非許 奴都司 力夫特

可以請你幫我清一下餐盤嗎？
Can you please clear my tray?
肯 油 普力司 克力兒 麥 吹

幾點開始供應晚餐？
What time will dinner be served?
華特 太母 為而 丁呢 比 誰夫的

我討厭飛機食物。
I hate airplane food.
愛 黑特 耶兒普淚 父的

3 請給我一條毛毯

Track-34

請給我一條毛毯好嗎？
May I have a blanket, please？
妹 愛 黑夫 惡 不藍特，普力司

一個枕頭	耳機
a pillow	ear phones
惡 屁露	衣兒 否恩司

一份中文報紙	免稅商品目錄
a Chinese newspaper	the duty-free catalogue
惡 恰尼司 牛司配伯	得 丟梯-夫力 可特露股

小孩子可以玩的東西
something for my kids to play with
桑幸 佛 麥 基司 兔 波淚 位子

4 請問廁所在哪裡 Track-35

對不起，請問廁所在哪裡？
Excuse me, where is the bathroom ?
衣克司求司 密，惠兒 以司 得 貝司潤

洗手間	商務客艙
the lavatory	business class
得 累活投里	逼及逆司 克拉司

我的安全帶	閱讀燈
my seat belt	the reading light
麥 西次 背了特	得 里低恩 來特

逃生門	救生衣
the emergency exit	life vest
得 衣門俊西 矮哥細特	來福 飛司特

例句

我的旅行袋放不進去。
My bag won't fit.
麥 背哥 翁特 非特

對不起。

Excuse me.

衣克司求司 密

我可以跟你換位子嗎？

Can I switch seats with you?

肯 艾 司位去 西此 位子 油

我可以把椅子放下來嗎？

Can I recline my seat?

肯 艾 里可來 麥 西次

對不起，麻煩你把椅子拉上好嗎？

Excuse me, can you put your seat up, please?

衣克司求司 密，肯 油 撲特 油兒 西次 阿普，普力司

這是免費的嗎？

Is this free?

以司 力司 夫力

洛杉磯幾點？

What time is it in Los Angeles?

華特 太母 以司 以特 印 洛杉磯

您說什麼？

Pardon me?

趴等 秘

It's seven forty a.m.

以次 些分 佛踢 矮母

上午7點40分。

飛機上要播放哪一部電影？

What movies will you be showing on this flight?

華特 母微司 為而 油 比 秀印 昂 力司 福來特

我可以坐在緊急出口處的那排座位嗎？

Can I sit in an exit row?

肯 艾 夕特 印 安 一哥幾特 入

我想要有更多空間把腳伸直。

I like the extra leg room.

艾 賴克 得 耶渴死翠 淚哥 潤

5 跟鄰座乘客聊天

你會說英文嗎？
Can you speak <u>English</u>?
肯 油 司屁可 英格力序

—會，會一點。
—Yes, a little.
一也司，惡 力頭

日文	中文
Japanese	Chinese
甲胖尼子	恰尼司
德文	西班牙文
German	Spanish
糾妹	司陪尼司
台語	法文
Taiwanese	French
台灣尼司	福潤去

例句

我正在學習中。
I'm learning.
愛母 樂玲

我的英文不太好。
My English is not good.
麥 英格力序 以司 那特 古得

你要去哪裡？

Where are you going?

惠兒 阿 油 勾印

是的，現在是到西雅圖旅行的最好時間。

Yeah, it's the best time to visit Seattle.

鴨，以次 得 背司特 太母 兔 比夕特 西阿頭

你是為了公事出差還是休閒旅遊？

Are you traveling for business or for pleasure?

阿 油 催活林 佛 逼及逆司 歐兒 佛 波淚舅

我希望我可以去澳洲渡個假。

I wish I could take a vacation to Australia.

愛 位許 愛 庫得 貼克 兒 佛克迅 兔 喔司吹力亞

你喜歡飛機上的食物對吧？

Don't you just love airplane food?

洞特 油 架司特 辣舞 愛兒波戀 父的

你有小孩嗎？

Do you have any kids?

兔 油 黑夫 宴尼 基此

我兒子在美國讀書。

My son is studying in the States.

麥 受嗯 以司 司達低 印 得 司貼此

你來自歐洲嗎？

Are you from Europe?

阿 油 夫讓 尤拉普

6 我是來觀光的 Track-37

你旅行的目的為何？

What is the purpose of your visit ?

華特 以司 得 坡趴司 歐夫 油兒 夫夕特

—觀光。

—<u>Sight-seeing</u>.

—賽特-西因哥

讀書	工作
For study	Business
佛 司答滴	逼及逆司

探親	拜訪朋友
Visiting relatives	Visiting friends
夫夕聽 銳連梯司	夫夕聽 夫連此

7 我住達拉斯的假期酒店　Track-38

你會待在哪裡？
Where will you stay ?
惠兒 為而 油 司爹

—達拉斯的假期酒店。
—At the Holiday Inn in Dallas.
—阿特 得 厚力爹 因嗯 印 達拉司

和朋友住	和家人
With my friends	With family
位子 麥 夫連此	位子 發秘力

和同事	在希爾頓飯店
With my colleague	At the Hilton
位子 麥 可力	阿特 得 希爾頓

在學校的宿舍
In the school dorms / In the school dormitory
因 得 撕褲兒 豆母司 / 因 得 撕褲兒 豆迷投里

例句

你有朋友的地址嗎？
Do you have your friend's address?
兔 油 黑夫 油兒 夫連此 惡得最司

我現在沒有帶地址。
I don't have the address with me now.
愛 洞特 黑夫 得 惡得最司 位子 密 那烏

135

我朋友住在芝加哥。

My friend lives in Chicago.

麥 夫連得 力五司 印 芝加哥

我不太會說英文。

I don't speak English well.

愛 洞特 司屁可 英格力序 餵兒

我兒子會在甘迺迪機場接我。

My son will pick me up at JFK Airport.

麥 受嗯 為而 屁可 密 阿普 阿特 尖福克也 誤兒波特

是的，這是飯店的地址。

Yeah, the address of the hotel is here.

鴨，得 惡得最司 歐夫 得 后貼兒 以司 喜兒

租車服務台在哪裡？

Where are the car rental agencies?

惠兒 阿 得 卡 瑞投 耶俊夕司

旅館有提供小型巴士載客服務嗎？

Does the hotel have a van?

得司 得 后貼兒 黑夫 惡 非恩

8 我停留十四天   Track-39

你會停留多久呢？
How long will you stay?
好 弄 為而 油 司爹

—十四天。
—14 days.
—佛聽 麥司

只有五天	一個禮拜
Only five days	A week
翁力 壞夫 麥司	惡 威可

大概兩個禮拜	一個月
About two weeks	A month
阿抱特 兔 威渴死	惡 馬恩司

大概十天	半年
About ten days	Half a year
阿抱特 貼嗯 麥司	哈福 惡 易兒

9 我要換錢   Track-40

我想兌換五千台幣，謝謝你。
I want to exchange 5000 NT dollars, please.
愛 旺 兔 衣克司欠及 懷夫刀怎 恩梯 打了 司，普力司

現在的兌幣匯率是多少？

What is the exchange rate?

華特 以司 得 衣克司欠及 銳特

旅行支票兌現，麻煩你。

I'd like to cash a traveler's check, please.

艾得 賴克 兔 卡許 惡 吹佛力司 卻克，普力司

台幣換成美金。

From NT to US dollars.

夫讓 恩替 兔 油司 打了司

台幣換成歐元。

From NT to Euros.

夫讓 恩替 兔 尤弱司

你可以把一百元換成小鈔嗎？

Can you break a hundred?

肯 油 布銳可 惡 憨醉的

麻煩你給我一些小鈔。

Small bills, please.

司眸兒 必兒，普力司

手續費是多少錢？

How much is the commission?
浩 罵取 以司 得 卡秘想

請在這裡簽名。

Please sign here.
普力司 賽印 喜兒

護照，麻煩你。

Passport, please.
扒司波特，普力司

---

10 您有需要申報的東西嗎？

Track-41

麻煩你把袋子打開。這是什麼？
Would you open your bag, please？
巫的 油 歐噴 油兒 八哥，普力司？

What's this？ 華次 力司

這是我的照相機。

—It's my camera.
—以次 麥 卡賣拉

化妝品	胃藥
make-up	medicine for my stomach
妹克–阿普	媚達深 佛 麥 司達秘可

安眠藥罐	筆記型電腦
bottle of sleeping pills	lap-top computer
巴頭 歐夫 司力拼 屁歐司	拉普–投普 卡母普尤特

給我孫子的禮物	*書
gift for my grandson	book
給夫特 佛 麥 哥念得桑	不可

*衣服
clothes
可露司

例句

先生，有需要申報的東西嗎？

Anything to declare, sir?

宴尼幸 兔 地克淚兒，舍

你想要檢查多少個旅行袋？

How many bags do you want to check?

浩 妹尼 八哥司 兔 油 旺 兔 卻克

你有多少行李？

How many pieces of luggage do you have?

浩 妹尼 屁司 歐夫 辣基急 兔 油 黑夫

我可以在哪裡拿到行李推車？

Where can I get a luggage cart?

惠兒 肯 艾 給特 惡 辣基急 卡特

行李領取處在哪裡？

Where is the baggage claim?

惠兒 以司 得 貝幾止 可淚母

失物招領處在哪裡？

Where is the lost and found?

惠兒 以司 得 漏司特 安得 發恩的

詢問處理遺失行李的櫃檯在哪裡？

Where is the lost luggage counter?

惠兒 以司 得 漏司特 辣基急 可恩特

我想我的背包已經被用壞了。

I think my bag has been damaged.

愛 幸克 麥 八哥 哈司 必嗯 達秘急

我該怎麼申請賠償？

How can I file for compensation?

浩 肯 艾 壞兒 佛 康朋誰想

我該去哪裡通過海關檢查？
Where can I go through customs?
惠兒 肯 艾 夠 司路 卡司疼司

好的，你現在可以離開了。
OK, you can go now
歐克也，油 肯 夠 那烏

好用單字

手提行李	超重
carry-on bag	overweight
可阿里–阿恩 八哥	歐娥威特

經濟客艙	商務客艙
economy class	business class
衣康呢秘 可拉司	逼及逆司 可拉司

頭等艙	檢查
first class	check
佛司特 可拉司	卻克

機場服務中心	公事包
Airport Information Center	briefcase
誒兒波特 印佛妹迅 仙特	布里福克也司

轉機 Track-42

轉機服務台在哪裡?

Where is the transfer desk?
惠兒 以司 得 全司佛 爹司克

我要過境到達拉斯。

I need to transit to Dallas.
艾 逆得 兔 全夕特 兔 達拉司

班機何時出發?

When will the flight depart?
惠恩 為而 得 福來特 低趴特

登機時間是幾點?

What's the boarding time?
華次 得 伯低恩 太母

16號登機門在哪裡?

Where is Gate No. 16?
惠兒 以司 給特 難吧 夕可司停

我該如何去第三航廈?

How do I get to Terminal 3?
浩 賭 愛 給特 兔 特迷呢 書里

我的背包必須再檢查一次。

I need to recheck my bags.
艾 逆得 兔 里切可 麥 八哥司

我需要辦新的登機證嗎？

Do I need a new boarding pass?
賭 艾 逆得 惡 紐 伯頂 陪司

12 怎麼打國際電話

Track-43

對不起，你有一元美金的零錢嗎？

Excuse me, do you have change for a dollar?
衣克司求司 密，兔 油 黑夫 欠及 佛 惡 答了

撥打本地電話是多少錢？

How much is a local call?
浩 罵取 以司 惡 露扣 扣

35塊錢可以打幾分鐘的電話？

35 for how many minutes?
蛇踢懷夫 佛 浩 妹尼 迷你次

這附近有公共電話嗎？

Is there a public phone around here?
以司 貼兒 惡 怕伯力可 否嗯 餓讓得 喜兒

你可以教我怎麼打電話嗎？

Can you show me how to make a phone call？

肯 油 秀 密 浩 兔 妹克 惡 否嗯 扣

要怎麼打對方付費的電話？

How do you make a collect call?

浩 兔 油 妹克 惡 卡淚可特 扣

首先撥0，接線員會幫你服務。

Just dial "0". The operator will help you.

架司特 逮兒 "記弱" 得 阿伯瑞特 為而 黑兒普 油

我想要打一通對方付費的電話。

I'd like to make a collect call.

艾得 賴克 兔 妹克 惡 可累可特 扣

Track 44

13 我要打市內電話

喂！

Hello！

哈囉

嗨！我是南希，包伯在家嗎？

Hi. This is Nancy. Is Bob there?

害 力司 以司 南希 以司 巴伯 淚兒

他剛剛外出。

He just stepped out.

西 架司特 司貼普特 傲特

那麼請你轉告他，我來電過待會兒再打給他。

Would you please tell him that I called and I'll call back later.

巫的 油 普力司 貼了 西母 列特 愛 扣的 安得
艾兒 扣 貝克 淚特

好的，我會轉告他的。

Ok. I'll give him the message.

歐克也 艾兒 給夫 西母 得 妹誰及

美國錢幣介紹

一元鈔票	1便士：一分錢
a dollar bill	a penny: 1 ¢ (cent)
惡 答了 必了	惡 配尼：萬 仙特(仙特)
五分錢	1角：10分錢
a nickel: 5 ¢	a dime: 10 ¢
惡 尼扣：外夫 仙此	惡 呆母：天 仙此

2角5分
a quarter: 25 ¢
惡 闊特：團體壞夫 仙此

五角銀幣
a fifty-cent piece: 50 ¢
惡 吠福梯–仙特 屁司：費夫梯 仙此

一元硬幣
one-dollar coin: $1.00
萬–答了 口印：萬 打了

五元紙鈔
five-dollar bill: $5.00
壞夫–答了 必了：壞夫 達了司

14 請給我一份市區地圖　Track-45

請給我一份市區地圖。
A city map, please.
兒 西替 妹普，普力司

紐約市導覽	一日遊資訊
A New York City Guide	One-day Tour Info
兒 紐 約克 西替 蓋得	萬爹 兔兒 印佛

滑雪行程資訊	公車路線說明（地圖）
Skiing Tour Info	Bus routes (map)
司基因 兔兒 印佛	巴士 繞此（妹普）

市區飯店清單
A list of hotels downtown
惡 力司特 歐夫 后貼兒司 當逃夫

2. 飯店

1 我要訂一間單人房

Track-46

我要預約單人房。
I want to reserve <u>a single room</u>.
愛 旺 兔 瑞色五 兒 欣勾 潤

雙人床	兩張床
a twin room	a double room
惡 禿鷹 潤	惡 答伯 潤

四人房間	附淋浴的房間
a four-person room	a room with a shower
惡 佛兒-波神 潤	兒 潤 位子 惡 蕭兒

附冷氣的房間
a room with air-conditioning
兒 潤 位子 也兒-看低訓

可以看到海的房間
a room with an ocean view
兒 潤 位子 安 歐巡 非尤

序數的說法

一	二
first	second
佛司特	誰肯的

三	四
third	fourth
色的	佛思

五	六
fifth	sixth
吠思	夕可思
二十一	三十
twenty-first	thirtieth
團體–佛司特	色梯也思

② 我要住宿登記　　Track-47

我叫陳明。
My name is Chen Ming.
麥 念 以司 陳 明

我有預約。
I have a reservation.
愛 黑夫 兒 瑞者非迅

我沒有預約。
I don't have a reservation.
愛 洞特 黑夫 兒 瑞者非迅

我今晚想住宿。
I need a room for the night.
艾 逆得 兒 潤 佛 得 耐特

有空房間嗎？

Do you have a room available?

兔 油 黑夫 兒 潤 惡飛了伯

我們有訂房，名字是陳明。拼法是C-H-E-N M-I-N-G。

We have a reservation under Chen Ming. That's C-H-E-N M-I-N-G.

威 黑夫 兒 瑞者非迅 安得 陳 明。列此 夕-耶七-衣-燕 誒母-愛-燕-及

我們何時可登記入住？

When can we check in?

惠恩 肯 威 切克 印

我現在可以住宿登記嗎？

Can I check in now?

肯 艾 切克 印 那烏

包含早餐嗎？

Is breakfast included?

以司 不雷克佛司特 印庫路得

電梯哪裡？

Where is the elevator?

惠兒 以司 得 耶了飛特

你可以給我飯店的號碼嗎？

Can you give me the hotel's number?

肯 油 給夫 密 得 后貼兒次 藍波

一晚住宿是多少錢？

How much for one night?

浩 罵取 佛 萬 耐特

還有更便宜的房間嗎？

Are there any cheaper rooms?

阿 貼兒 宴尼 七波 潤司

你有大一點的房間嗎？

Do you have a bigger room?

兔 油 黑夫 惡 逼哥兒 潤

三個人可住在同一間房間嗎？

Can three people stay in a room?

肯 素力 匹波 司爹 印 兒 潤

退房是幾點？

When is the checkout time?

惠恩 以司 得 切克奧特 太母

3 我要客房服務

Track-48

有提供客房服務嗎？

Do you have room service?

兔 油 黑夫 潤 舍夫司

客房服務您好，有什麼我可以效勞的嗎？

Room Service, may I help you?

潤 舍夫司，妹 愛 黑兒普 油

這裡是503號房。我想要叫早餐。

Yes, this is room 503. I'd like to order some breakfast.

也司，力司 以司 潤 壞夫歐素力。艾得 賴克 兔 歐得 山母 不雷克佛司特

你們有洗衣服務嗎？

Do you have laundry service?

兔 油 黑夫 藍醉 舍夫司

我想打市内電話。

I want to make a local call.

愛 旺 兔 妹克 惡 樓扣 扣

我想打長途電話。

I want to make a long-distance call.

愛 旺 兔 妹克 惡 弄-低司疼司 扣

我想打國際電話。

I want to make an international call.

愛 旺 兔 妹克 安 因特內巡了 扣

我想寄明信片。

I'd like to send a postcard.

艾得 賴克 兔 先得 惡 剖司特卡

我要傳真。

I'd like to send a fax.

艾得 賴克 兔 先得 惡 非渴死

我可以用網路嗎？

Could I use the Internet?

庫得 愛 油司 得 印特內特

4 麻煩給我兩杯咖啡 Track-49

可以麻煩給我**兩杯咖啡**嗎？
Would you bring me <u>two cups of coffee</u>?
巫的 油 布玲 密 兔 卡普司 歐夫 咖啡

一杯茶	一杯啤酒
a cup of tea	a glass of beer
惡 卡布 歐夫 替	惡 哥拉司 歐夫 比兒
一壺熱開水	一些新鮮水果
a pot of hot water	some fresh fruit
惡 趴特 歐夫 哈特 窩特	山母 福銳婿 福鹿特

5 我要吐司 Track-50

我要**吐司**。
I'd like <u>toast</u>.
艾得 賴克 投司特

煎餅	培根
pancakes	bacon
偏克也可司	背肯
火腿加蛋	比薩
ham and eggs	pizza
黑母 安得 耶哥司	披薩
三明治	臘腸
a sandwich	sausage
惡 先得位娶	收夕急

154

6 房裡冷氣壞了

我房間的電視壞了。
The <u>TV</u> in my room is broken.
得 梯夫 印 麥 潤 以司 不肉肯

鎖	暖氣
lock	heater
拉可	喝衣特
迷你吧	按摩浴缸
mini-bar	Jacuzzi
迷你–吧	基庫記
冷氣	鬧鐘
air conditioner	alarm clock
耶兒 看低訓呢	惡拉母 可拉可
吹風機	傳真
hair-drier	fax machine
黑兒–踱兒	發克斯 妹尋

我可以要一條乾淨的床單嗎？
Can I have <u>a clean sheet</u>, please ?
肯 艾 黑夫 惡 可林 夕特，普力司

一些衣架	一些冰塊
some hangers	some ice
山母 黑恩哥司	山母 愛司

枕頭	一些乾淨的毛巾
a pillow	some clean towels
惡 波露	山母 可林 桃兒司

熨斗	吹風機
an iron	a hair-drier
厭 愛龍	惡 黑兒-踢兒

例句

我把鑰匙忘在房裡了。
I left my key in the room.
愛 力夫特 麥 基 印 得 潤

我鑰匙丟了。
I've lost my key.
愛福 漏司特 麥 基

我忘記我的房號了。
I forgot my room number.
愛 佛咖特 麥 潤 藍波

請換床單。
Please change the sheets.
普力司 欠及 得 夕此

馬桶的水沖不下去。

The toilet doesn't flush well.

得 偷衣淚特 得任特 福辣許 餵兒

沒有毛巾。

There are no towels.

淚兒 阿 諾 桃兒司

沒有衛生紙。

There's no toilet paper.

淚兒次 諾 偷衣淚特 配普兒

你可以教我怎麼用保險箱嗎？

Could you show me how to use the safe?

庫 油 秀 密 浩 兔 油司 得 誰福

我可以換到禁煙的房間嗎？

Can I change to a non-smoking room?

肯 艾 欠及 兔 惡 那嗯-司未令印 潤

請清掃我的房間。

Please clean up my room.

普力司 可林 阿普 麥 潤

好用單字

毛毯	肥皂
blanket	soap
不藍幾特	受普

棉被	床單
comforter	sheet
康佛特	夕特

（電線）插頭	插座
power outlet	plug
跑兒 傲特淚特	普辣哥

床罩	檯燈
bed spread	lamp
貝得 司普銳的	練普

水龍頭	浴缸
faucet	bathtub
火夕特	貝司達布

（櫃台）保險櫃	冰箱
safe deposit box	refrigerator
誰夫 低趴夕特 爸克司	銳非基銳特

7 我要退房

Track-52

我想退房。

I want to check out.

愛 旺 兔 卻克 奧特

我幾分鐘後就退房。

I'll be checking out in a few minutes.

艾兒 比 切可因 奧特 印 惡 妮 迷你次

我很急。

I'm in a hurry.

愛母 印 惡 喝瑞

麻煩你請人幫忙我拿行李好嗎？

Can you send someone up for my luggage, please?

肯 油 先得 桑母彎 阿普 佛 麥 辣基急，普力司

請問我可以延長我的住房天數嗎？

Is it possible for me to extend my stay?

以司 以特 趴蛇剝 佛 密 兔 一哥司天 麥 司爹

我覺得可能有錯誤。

I think there might be a mistake.

愛 幸克 淚兒 賣特 比 惡 秘司貼克

這一項是什麼？

What is this entry for?

華特 以司 力司 宴催 佛

我沒使用迷你吧。

I didn't use the mini-bar.

愛 低等特 油司 得 迷你-吧

我沒有叫客房服務。

I didn't order room service.

愛 低等特 歐得 潤 舍非司

這含稅嗎？

Is this including tax?

以司 力司 因庫丁 貼渴死

請問你們接受現金嗎？

Do you accept cash?

兔 油 誒塞普特 卡許

你們接受信用卡嗎？

Do you accept credit cards?

兔 油 誒塞普特 克瑞滴特 卡次

3. 用餐

1 附近有義大利餐廳嗎　　　Track-53

附近有義大利餐廳嗎？
Is there <u>an Italian restaurant</u> around here？
以司 涙兒 安 義大利 瑞司特讓 餓讓得 喜兒

日式餐廳	墨西哥餐廳
a Japanese restaurant	a Mexican restaurant
惡 甲胖尼子 瑞司特讓	惡 妹細肯 瑞司特讓

印度餐廳	中國餐廳
an Indian restaurant	a Chinese restaurant
厭 因低嗯 瑞司特讓	惡 恰尼司 瑞司特讓

韓國餐廳	越南餐廳
a Korean restaurant	a Vietnamese restaurant
惡 可里恩 瑞司特讓	惡 夫燕呢秘子 瑞司特讓

印尼餐廳	泰國餐廳
an Indonesian restaurant	a Thai restaurant
厭 因斗尼珍 瑞司特讓	惡 太 瑞司特讓

義大利餐廳	西班牙餐廳
an Italian restaurant	a Spanish restaurant
厭 義大利 瑞司特讓	惡 司班尼許 瑞司特讓

例句

他們有海鮮嗎？
Do they have seafood?
斗 淚 黑夫 夕父的

那裡的菜好吃嗎？
Is the food good there?
以司 得 父的 古得 淚兒

那裡有什麼好吃的菜？
What's good there?
華次 古得 淚兒

它在哪裡？
Where is it?
惠兒 以司 衣特

你推薦些什麼？
What do you recommend?
華特 兔 油 瑞肯妹得

那很貴嗎？
Is it expensive?
以司 以特 衣克司配夕五

你覺得酒單的內容如何呢？

How is the wine list?

浩 以司 得 外印 力司特

那裡的氣氛怎麼樣？

What's the atmosphere like?

華次 得 啊特門司非兒 賴克

2 我要預約

Track-54

我要預約兩人，今晚六點。

I want to make a reservation for _2 people_ at _6:00 tonight_.

愛 旺 兔 妹克 兒 瑞者非迅 佛 兔 匹波 阿特 稀客司 兔耐特

八人 / 今晚七點
8 people / 7:00 tonight
阿耶特 匹波 / 誰吻 兔耐特

四人 / 明晚約八點
4 people / 8:00 tomorrow night
否兒 匹波 / 阿耶特 土馬肉 耐特

兩人 / 週六晚上六點
2 people / 6:00 on Saturday night
兔 匹波 / 稀客司 昂 沙特爹 耐特

兩大人和一小孩 / 7月7日十二點
2 adults and 1 child / 12:00 on July 7th
兔 惡豆此 安得 萬 恰兒的 / 退兒福 昂 九來 誰吻司

163

例句

套餐多少錢？
How much is the set meal?
浩 罵取 以司 得 誰特 妹兒

我們可以坐靠窗的位子嗎？
Can we have a table by the window?
肯 威 黑夫 惡 貼剖 百 得 威恩豆

有沒有吸煙區？
Is there a smoking section?
以司 淚兒 惡 司末克印 塞克迅

有。
Yes.
也司

沒有。
No.
諾

你們有服儀規定嗎？
Do you have a dress code?
賭 油 黑夫 惡 最司 扣得

有的，請您穿外套繫領帶。

Yes, please wear a jacket and a tie.

也司，普力司 威兒 惡 甲克 安得 惡 太

不，我們沒有（規定）。

No, we don't have one.

諾，威 洞特 黑夫 萬

可以讓寵物進去嗎？

Are pets allowed?

阿 配此 惡老的

我們要等多久？

How long is the wait?

好 弄 以司 得 未特

---

3 我要點菜

Track-55

我已準備好要點菜。

I'm ready to order.

愛母 瑞地 兔 歐得

麻煩你給我看一下菜單。

Can I see a menu, please?

肯 艾 西 惡 妹牛，普力司

你推薦些什麼呢？

What do you recommend?

華特 賭 油 瑞肯妹得

要不要來點魚和馬鈴薯片？

How about some fish and chips?

浩 阿抱特 山母 安得 七普司

你們有什麼沾醬？

What kind of dressing do you have?

華特 開恩的 歐夫 最司印 賭 油 黑夫

你們有沒有其它不同的沙拉醬？

Do you have any different salad dressings?

賭 油 黑夫 宴尼 低福潤特 沙拉 最司印

我要這個。

This one, please.

力司 萬，普力司

我可以要一個小盤子嗎？

Can I have a small plate, please?

肯 艾 黑夫 惡 司眸兒 普淚特，普力司

水就可以，謝謝。
Just water, thanks.
架司特 窩特，山渴死

今天的特餐是什麼？
What is today's special?
華特 以司 土爹司 司配秀

4 你有義大利麵嗎？ Track-56

你有義大利麵嗎？
Do you have spaghetti?
賭 油 黑夫 司趴給梯

漢堡	牛肉湯麵
hamburgers	beef noodle soup
黑母剝哥司	比福 奴豆 舒普
比薩	三明治
pizza	sandwich(es)
披薩	先得位娶(司)
火鍋	生魚片
hot pot	sashimi
哈特 趴特	沙西秘
咖哩飯	烤馬鈴薯
curry rice	baked potatoes
可瑞 銳司	背可 趴貼投司

167

韓國烤肉

Korean BBQ（barbecues）

可里恩 八比可尤（八比可尤司）

---

5 給我火腿三明治 Track-57

給我火腿三明治。
I'll have the <u>ham sandwich</u>.
艾兒 黑夫 得 哈母 先得位娶

燉牛肉	漢堡肉排
beef stew	hamburg steak
比福 司丟	黑母剝哥 司貼可

蒸龍蝦尾	烤鮭魚
steamed lobster tail	grilled salmon
司梯母的 拉布司特 貼了	哥瑞歐 沙夢

烤劍魚排

grilled swordfish steak

哥瑞歐 受的吠許 司貼可

煎焗彩紅鱒魚

pan-fried rainbow trout

片恩–福來的 銳恩剝 翠傲特

烤蝦 & 扇貝

grilled shrimp & scallops

古淚的 司為母 厭的 司夠了普司

6 給我果汁

Track-58

要不要喝點飲料?
Would you like something to drink?
巫的 油 賴克 桑幸 兔 准可

—好,請給我咖啡。
—**Yes. I'd like <u>coffee</u>, please.**
—也司 艾得 賴克 咖啡,普力司

果汁	礦泉水
juice	mineral water
啾司	迷了喔 窩特
茶	熱可可
tea	hot chocolate
替	哈特 洽卡力特
可樂	冰沙
Coke	a smoothie
口渴	惡 司母地
蘋果西打	檸檬汽水
apple cider	lemon fizz
阿波 塞得	檸檬 吠子
冰咖啡	濃縮咖啡
iced coffee	espresso
愛司 咖啡	耶司陪受
卡布奇諾	歐雷咖啡(拿鐵咖啡)
cappuccino	cafe au lait
卡布奇諾	咖啡 歐雷

⑦ 給我啤酒

您想要喝些什麼嗎？
What would you like to drink?
華特 巫的 油 賴克 兔 准可

一<u>啤酒</u>，麻煩你。
一<u>Beer</u>, please.
一比兒，普力司

一杯葡萄酒	自製的酒
A glass of wine	House wine
惡 哥拉司 歐夫 外印	好司 外印

威啤酒	一瓶啤酒
Budweiser	A bottle of beer
爸得外子	惡 巴頭 歐夫 比兒

生啤酒	雪利酒
Draft beer	Sherry
抓夫特 比兒	雪利

白酒	紅酒
White wine	Red wine
准特 外印	瑞得 外印

白蘭地	香檳
Brandy	Champagne
白蘭地	香檳

8 我還要甜點

Track-60

你想要來點蛋糕嗎？
Do you want <u>some cake</u>?
賭 油 旺特 山母 克也可

—當然！
—Sure!
—秀耳

冰淇淋	蘋果派
some ice cream	some apple pie
山母 愛司 可里母	山母 阿波派
聖代	**香蕉奶昔**
a sundae	a banana milk shake
惡 桑爹	惡 八那那 妙可 誰可
起司蛋糕	**櫻桃派**
some cheesecake	some cherry pie
山母 起司克也可	山母 切里 派
巧克力蛋糕	**覆盆子塔**
some chocolate cake	some raspberry tart
山母 洽卡力特 克也可	山母 拉司北瑞 塔特
鬆餅	**布朗尼(果仁巧克力)**
a waffle	a brownie
惡 哇佛	惡 布朗尼

你想吃甜點（喝飲料）嗎？
Do you want some dessert(drink) ?
賭 油 旺特 山母 低熱特(准可)

—<u>起司蛋糕</u>，麻煩你。

—<u>Cheese cake</u>, please.
—起司 克也可，普力司

冰淇淋	馬芬（杯子蛋糕）
Ice cream	A muffin
愛司 可里母	惡 馬芬
無咖啡因咖啡	黑咖啡
Decaf coffee	Black coffee
低卡 咖啡	不辣可 咖啡
*布丁	*司康
Pudding	A scone
布丁	惡 司康
*冰摩卡咖啡	*只要糖，不要奶精
An iced-mocha	Sugar and no cream
厭 愛司的–摩卡	舒哥 安得 諾 可里母

例句

你們有餐巾嗎？
Do you have a napkin?
賭 油 黑夫 惡 那普金

請回沖，謝謝。
I'd like a refill, please.
艾得 賴克 惡 銳吠了，普力司

這是冰淇淋派嗎？
Is the pie a la mode?
以司 得 派 惡 拉 蒙的

可以再給我一些麵包嗎？
Some more bread, please?
山母 摸兒 不瑞得，普力司

可以幫我拿一下鹽嗎？
Could you pass the salt, please?
庫 秋 趴司 得 收特，普力司

可以給我水嗎？
Can I have some water?
肯 艾 黑夫 山母 窩特

不好意思，我的叉子（刀子／湯匙）掉了。
Excuse me, I dropped my fork (knife /
spoon).
衣克司求司 密，愛 抓普的 麥 佛可 (奈福／司普)

我可以要一個茶匙嗎？

Can I have a teaspoon?

肯 艾 黑夫 惡 踢司撲

我叫了咖啡，但是還沒有來。

I ordered coffee, but it hasn't come yet.

愛 歐得 咖啡，八特 以特 哈怎特 康 也特

這個蛋糕真好吃，我一定要找到它的食譜。

This cake is delicious. I must get the recipe.

力司 給克衣 以司 低力蝦司。愛 媽司特 給特 得 銳洗屁

---

9 吃牛排 Track-61

你的牛排要幾分熟？

How do you like your steak？

浩 兔 油 賴克 油兒 司貼可

—三分。

—Rare.

—銳兒

五分	七分
Medium	Medium-well
迷弟恩	迷弟恩–餵兒

全熟
Well-done
餵兒–當

好用單字

馬鈴薯泥	雞胸肉
mashed potatoes	chicken breast
媽許的 趴貼投司	七克因 布銳司特
小牛肉	羊肉
veal	mutton
為歐	媽疼
龍蝦	大蝦
lobster	prawns
露布司特	不辣恩師
鮭魚	生蠔
salmon	oysters
沙蒙	歐乙司特
沙朗牛排	
sirloin	
社落印	

10 墨西哥料理也不錯　Track-62

脆塔可餅	墨西哥捲
taco	fajita
塔口	發西踏
辣椒起司薄片	墨西哥玉米脆片
nachos	chips
那球子	七普司

墨西哥玉米薄餅	酪梨
tortillas	avocado
頭梯兒司	阿北可斗

墨西哥點心	莎莎醬（墨西哥醬料）
sopapillas	salsa
受趴屁阿司	沙鷗沙

起司
queso
可也受

11 在早餐店

Track-63

你要怎樣料理你的雞蛋？
How do you want your eggs ?
浩 賭 油 旺特 油兒 耶哥司

—炒的。
—<u>Scrambled</u>.
—司可連剝

單面煎	荷包蛋
Sunny-side up	Over-easy
沙你–賽得 阿普	歐娥–衣記

半熟荷包蛋	煮（生蛋整顆放到水裡煮熟）
Over-medium	Boiled
歐娥–迷地阿母	剝油的

水煮（生蛋去殼放到水裡煮熟）
Poached
剖七的

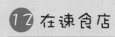 在速食店　　　　Track-64

我要一個起司漢堡。
I want a cheeseburger.
愛 旺特 惡 起司伯哥

一個麥香堡	一些雞塊
a Big Mac	some chicken nuggets
惡 必哥 麥克	山母 七克因 那給此

一個魚排堡	一份大薯條
a fish-fillet	a large fries
惡 吠許-吠淚特	惡 拉急 福來子

一個蘋果派	一個冰淇淋
an apple pie	an ice cream
厭 阿波 派	厭 愛司 可里母

一個草莓聖代（巧克力 / 香草）
a strawberry sundae（chocolate / vanilla）
惡 司抓背里 聖代（洽卡力特 / 北尼拉）

一個火雞肉三明治
a turkey sandwich
惡 特基 先得位娶

例句

內用或是外帶？
For here, or to go?
佛 喜兒，歐兒 兔 勾

內用，謝謝。

For here, please.

佛 喜兒，普力司

外帶，謝謝。

Make it to go, please.

妹克 以特 兔 勾，普力司

可樂要多大杯？

What size (of) Coke would you like?

華特 賽子 口渴 巫的 油 賴克

我要大（中 / 小）的。

Large(medium / small),please.

拉急（媚低烏母 / 司眸兒），普力司

您要哪種麵包？

What kind of bread would you like?

華特 開恩的 歐夫 不瑞得 巫的 油 賴克

您要放蕃茄醬嗎？

Would you like ketchup on it?

巫的 油 賴克 克也恰普 昂 衣特

我不要洋蔥。

Without onions, please.

位子奧特 歐尼恩，普力司

13 付款

我去拿帳單。

Let me get the bill.

累特 密 給特 得 必兒

我們各付各的吧。

Let's go dutch.

列此 夠 達七

我來付帳。

It's on me.

以次 昂 密

我堅持這次由我來付帳。

It's my treat. I insist.

以次 麥 催特，愛 因夕司特

麻煩你，我要買單。

Can I have the bill, please?

肯 艾 黑夫 得 必兒，普力司

在這裡付，還是在櫃台付？

Do I pay here or at the cashier?

賭 愛 配 喜兒 歐兒 阿特 得 卡許兒

一個馬芬和一杯拿鐵咖啡共是多少錢？

How much is a muffin and a latte?

浩 罵取 以司 惡 馬芬 安得 惡 拿鐵

這是什麼費用？

What is this charge for?

華特 以司 力司 洽急 佛

我們該付多少小費？

How much should we tip?

浩 罵取 舒的 威 梯普

這有含稅嗎？

Is that including tax?

以司 列特 因庫丁 貼司

你們接受信用卡付費嗎？

Do you accept credit cards?

兔 油 誒塞普特 克瑞滴特 卡次

4. 購物

1 購物去囉

這個地帶有百貨公司嗎？
Is there a <u>department store</u> in this area?
以司 貼兒 惡 地扒特門特 司頭兒 印 力
司 阿銳阿

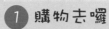

購物商場	雜貨店
shopping mall	grocery store
瞎拼 某兒	哥弱蝦里 司頭兒
超級市場	便利商店
supermarket	convenience store
舒跑媽基特	肯飛尼恩司 司頭兒
運動用品店	書局
sporting goods store	book store
司剖停 古得 司頭兒	不可 司頭兒
唱片行	藥局
CD shop	pharmacy
西迪 下普	發門ㄆ
花店	精品店
flower shop	boutique
福老兒 下普	不梯可
鞋店	珠寶店
shoe store	jewelry store
舒 司頭兒	九里 司頭兒

旅遊會話

古董店	美容沙龍
antique store	salon
厭梯可 司頭兒	沙龍

美妝用品店	紀念品商店
cosmetics store	souvenir shop
卡司媚梯可 司頭兒	舒北尼兒 下普

女裝在哪裡

女裝在哪裡？
Where is <u>women's wear</u>?
惠兒 以司 位門司 為兒

男裝	童裝
men's wear	children's wear
門司 為兒	求潤司 為兒

化妝品部
the cosmetics department
得 卡司媚梯可 地扒特門特

家電	藥品
home appliances	the pharmacy
後母 惡普來西施	得 發門夕

禮品包裝	服務台
gift-wrapping	the information desk
給夫特-瑞拼音	得 印佛妹迅 爹司克

入口（出口）
the entrance（exit）
得 宴存司（一哥幾特）

3 買小東西（1）

有什麼我可以幫忙的嗎？

May I help you?

妹 愛 黑兒普 油

—我在找數位相機。

—I'm looking for a digital camera.

—愛母 路克印 佛 惡 低及投 卡賣拉

筆	筆記本
a pen	a notebook
惡 配嗯 / 伯路 配嗯	惡 諾特不可
書	報紙
a book	a newspaper
惡 不可	惡 紐司 配普兒
雜誌	明信片
a magazine	a postcard
惡 妹哥幾	惡 剖司特卡得
CD唱片	背包
a CD	a bag
惡 夕低	惡 八哥
帽子	耳環
a hat	earrings
惡 黑特	衣兒潤絲
自來水筆	
a fountain pen	
惡 發恩天 配嗯	

隨身日記本	唱片
a pocket dairy	a record
惡 趴基特 帶兒里	惡 銳可兒

領帶	世界知名品牌
a tie	world famous brands
惡 太	我餓 非門思 布藍的司

④ 買小東西（2） Track-69

我想要買泳衣。
I'd like to buy <u>a swimsuit</u>.
艾得 賴克 兔 拜 惡 司位名舒特

比基尼	燈具
a bikini	a lighter
惡 比基尼	惡 來特

泳褲	緊身衣褲
swimming trunks	pantyhose
司位名 壯可司	偏踢厚司

餐具	動物填充玩偶
tableware	a stuffed animal
貼剝威兒	惡 司大福的 厭惡母

煙斗	皮夾
a pipe	wallet
惡 派普	哇力特

精油蠟燭	乾花香料
an aromatic candle	potpurri
厭 阿弱媽梯可 肯都	剖特撲里

內衣褲	襪子
underwear	socks
安得為兒	受渴死

5 我要看毛衣

Track-70

我要看<u>毛衣</u>。
I'm looking for <u>a sweater</u>.
愛母 路克印 佛 惡 舒為特

西裝	洋裝
a suit	a dress
惡 舒特	惡 最司

T恤	裙子
a T-shirt	a skirt
惡 梯-社特	惡 司可特

睡衣	牛仔褲
pajamas	jeans
趴甲媽司	進司

褲子	手套
a pair of pants	a pair of gloves
惡 配兒 歐夫 趴恩此	惡 配兒 歐夫 哥辣舞司

外套	夾克
a coat	a jacket
惡 口特	惡 甲基特

背心	泳衣
a vest	a swimsuit
惡 飛司特	惡 司位舒特

短上衣（女用）	胸罩
a blouse	a bra
惡 不老思	惡 不辣

領帶	毛巾
a tie	towels
惡 太	桃兒司

*內衣	*襪子
underwear	socks
安得為兒	沙渴死

*登山鞋	*靴子
hiking boots	boots
西基印 不此	不此

*高跟鞋	*涼鞋
high heels	sandals
害 西了司	仙斗思

*膠底運動鞋	
sneakers	
司尼可司	

我正在找T恤。
I'm looking for a <u>T-shirt</u>.
愛母 路克印 佛 惡 梯–社特

夾克	polo衫
jacket	polo shirt
甲基特	波羅 社特
休閒衫	套衫
casual shirt	pullover
卡究兒 社特	撲了歐娥
羊毛衫(胸前開釦的)	牛仔夾克
cardigan	jean jacket
卡得更	進 甲基特
外套	大尺碼
coat	size lage
口特	賽子 拉給
洋裝	襯衫
dress	dress shirt
最司	最司 社特
裙子	
skirt	
司可特	

旅遊會話

187

您要什麼？
May I help you?
妹 愛 黑兒普 油

這個如何？
What about this one?
華特 阿抱特 力司 萬

這是知名品牌。
It's a well-known brand.
以次 惡 餵兒-農 布來恩的

你穿起來很好看。
It looks nice on you.
以特 路克司 耐司 昂 油

它們真是完美的搭配。
They match perfectly.
淚 媽娶 坡吠可特力

它們是拍賣的商品嗎？
Are they on sale?
阿 淚 昂 誰了

樣式很流行。

It's in style.

以次 印 司太兒

這正好很合身。

It's a perfect fit.

以次 惡 坡吷可特 非特

你穿起來真好看。

It looks fabulous on you.

以特 路克司 妃比樂死 昂 油

---

8 我可以試穿嗎

Track-73

我可以試穿嗎？

Can I try it on?

肯 艾 翠 以特 昂

我可以看看那個嗎？

Can I see that one, please?

肯 艾 西 列特 萬，普力司

你們有沒有別的顏色？

Do you have this in any other colors?

賭 油 黑夫 力司 印 宴尼 阿得 卡了司

189

你穿起來很好看。

It looks nice on you.

以特 路克司 耐司 昂 油

很合身。

It fits well.

以特 非此 餵兒

你可以照照鏡子。

You can take a look in the mirror.

油 肯 貼克 惡 路克 印 得 迷了

試衣間在那裡？

Where's the fitting room?

惠兒司 得 非聽 潤

不合身。

It doesn't fit.

以特 得任特 非特

你們的商品有修改的服務嗎？

Do you do alterations?

賭 油 賭 歐特銳尋司

我要紅色那件　　　　　　Track-74

我要紅色那種的。
I want the <u>red</u> ones.
愛 旺特 得 瑞得 萬思

黃色 yellow 也露	**灰色** gray 哥銳
橘色 orange 歐連幾	**紅色** red 瑞得
粉紅色 pink 拼可	**白色** white 懷特
黑色 black 不拉可	**咖啡色** brown 布朗
米黃色 beige 背局	**藍色** blue 不露
綠色 green 古林	**紫色** purple 波婆

金色	銀色
gold	silver
勾的	夕惡

格子花紋	條紋
checkered	striped
切可的	司翠特

花紋	水珠圖案
flowered	polkadotted
福老兒的	剖可達弟的

1C 這是棉製品嗎 Track-75

這是棉製品嗎？
Is this <u>cotton</u>?
以司 力司 卡疼

亞麻布	尼龍
linen	nylon
力玲	尼龍

聚酯	絲
polyester	silk
剖力也司特	夕兒可

毛	皮
fur	leather
佛兒	淚得

我不喜歡那個顏色

我不喜歡那個顏色。
I don't like the <u>color</u>.
愛 洞特 賴克 得 卡了

樣式	品質
pattern	quality
陪疼	跨力踢
材質	
material	
門梯里兒	

旅遊會話

例句

穿起來很舒服。
It feels good.
以特 吠兒司 古得

這只能乾洗嗎？
Is it dry-clean only?
衣司 以特 踐-可林 翁力

我能把它放進烘衣機嗎？
Can I put it in the dryer?
肯 艾 撲特 以特 印 得 踐兒

193

會縮水嗎？
Will it shrink?
為而 以特 遜可

會褪色嗎？
Will the color fade?
為而 得 卡了 非的

能防水嗎？
Is this waterproof?
以司 力司 窩特普路福

我能用洗衣機洗嗎？
Can I put it in the washing machine?
肯 艾 撲特 以特 印 得 娃心 門心

這需要手洗嗎？
Do I have to hand-wash this?
賭 愛 黑夫 兔 喝厭的-娃許 力司

我要怎麼保養它？
How should I care for this?
浩 休得 愛 克也兒 佛 力司

可以掛到外面曬乾嗎？
Can I hang it out to dry?
肯 艾 黑恩哥 以特 奧特 兔 踐兒

12 太小了

Track-77

太小了。
It's too small.
以次 兔 司眸兒

大	長
big	long
必哥	弄
短	簡單 / 素
short	plain
休特	普淚恩
貴	鬆
expensive	loose
衣司配夕五	路司
緊	
tight	
太特	

195

這件對我而言太小了。

It's too small for me.

以次 兔 司眸兒 佛 蜜

你有沒有大一點的？

Do you have a bigger one?

賭 油 黑夫 惡 逼哥兒 萬

這是大尺寸的。

Here is a size large.

喜兒 以司 惡 賽子 拉急

我相信這件適合你穿。

I believe it will fit you.

愛 比力佛 以特 為而 非特 油

這件適合我。

It fits me well.

以特 非此 蜜 餵兒

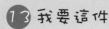

13 我要這件

我喜歡這件。
I like this one.
艾 賴克 力司 萬

我要這件。
I'll take this one.
艾兒 貼克 力司 萬

你還要什麼嗎？
Do you need anything else?
兔 油 逆得 宴尼幸 耶兒司

這個也不錯。
This one is nice, too.
力司 萬 以司 耐司，兔

這個如何？
How about this one?
浩 阿抱特 力司 萬

你要一條裙子來搭配你的新襯衫嗎？
Do you want a skirt to go with your
new shirt?
兔 油 旺特 惡 司可特 兔 夠 位子 油兒 紐 社
特

14 你能改長一點嗎　　Track-79

你能修改一下嗎？麻煩你改長一點。
Can you alter it? Make it a little <u>longer</u>, please.
肯 油 歐特 衣特？妹克 以特 惡 力頭 龍哥，普力司

短一點	鬆一點
shorter	looser
休特兒	露蛇

緊一點	
tighter	
太兒	

15 買鞋子　　Track-80

這雙高跟鞋多少錢？
How much are these <u>high heels</u>?
浩 罵取 阿 地司 害 西了司

—這個要十美元.
—They're $10.
—淚阿 天 達了司

帆布運動鞋	休閒鞋
sneakers	loafers
尼克司	露否司

女用搭配裙子的鞋子	女用拖鞋
dress shoes	mules
最司 秀司	迷歐司

靴子	西部靴
boots	cowboy-boots
不此	考兒剝衣–不此

網球鞋	慢跑鞋
tennis shoes	jogging shoes
貼尼司 秀司	甲基 秀司

涼鞋
sandals
仙斗思

16 有大一點的嗎？ Track-81

有大一點的嗎？
Do you have a larger size?
賭 油 黑夫 惡 拉急兒 賽子

中碼 / M號	加大 / XL號
a medium	an extra-large
惡 迷低燕	厭 耶克斯翠–拉急

小一點	更小一點 / XS號
a smaller size	an extra small
惡 司眸樂 賽子	厭 耶克斯翠 司眸兒

17 有其他顏色嗎？ 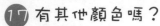 Track-82

有其他顏色嗎？
Do you have any in other colors?
兔 油 黑夫 宴尼 印 阿得 卡了司

其他樣式
with other designs
位子 阿得 爹賽印司

其他材質
made from other material
妹的 夫讓 阿得 門梯里兒

其他花色
with another pattern
位子 安那得 趴特恩

其他款式
other styles
歐得 司呆鵝司

18 我只是看看 Track-83

我只是看看。
I'm just looking.
愛母 架司特 路克印

我打算繼續看看。
I'm going to keep looking.
愛母 勾印 兔 基普 路克印

200

也許下次吧。

Maybe next time.

妹逼 內渴死 太母

我必須考慮一下。

I need to think about it.

艾 逆得 兔 幸克 阿抱特 衣特

我待會再來。

Well, maybe not.

餵兒，妹必 那特

我待會再來。

I'll come back later.

艾兒 抗 貝克 淚特

謝謝，我只是看看而已。

Thanks. I'm only browsing.

山渴死 愛母 翁力 不勞心

謝謝！需要幫忙時我會叫你的。

Thank you. I'll let you know if I need any help.

山可 油。艾兒 淚特 油 諾 衣福 艾 逆得 宴尼 黑兒普

19 購物付錢

這多少錢?
How much is this?
浩 罵取 以司 力司

—一千五百元美元。

—<u>1,500</u> dollars.
—萬刀怎 懷夫憨醉 達了司

一分錢	五分錢
1 ¢	5 ¢
萬 仙特	外夫 仙此

十分錢	二十五分錢
10 ¢	25 ¢
天 仙此	團體壞夫 仙此

一元美金	五元美金
$ 1	$ 5
惡 打了	壞夫 達了司

十元美金	二十元美金
$ 10	$ 20
天 達了司	團體 達了司

五十元美金	
$ 50	
吠福梯 達了司	

對我而言太貴了。
It's too expensive for me.
以次 兔 衣司搬戲服 佛 蜜

算便宜一點嘛！
A little cheaper, please.
惡 力頭 七波，普力司

再打個折扣嘛！
A little discount, please.
惡 力頭 低司康特，普力司

二十美元的話就買。
If it costs less than $ 20, I could buy it.
衣福 以特 空司此 淚司 連 團體 達了司，愛
庫得 拜 衣特

他們這禮拜在特賣中。
They're on special this week.
淚兒 昂 司配秀 力司 威可

已經降到3美元了。
They've been reduced to 3 dollars.
淚飛 必恩 銳丟史 兔 舒力 達了司

這是半價了。

They're fifty percent off.

淚兒 吠福踢 趴仙特 歐福

買二送一。

These are buy two, get the third one free.

地司 阿 拜 兔，給特 得 捨得 萬 夫力

例句

收銀台在哪裡？

Where is the cashier?

惠兒 以司 得 卡許兒

這多少錢？

How much is this?

浩 罵取 以司 力司

我還欠你多少錢？

How much do I owe you?

浩 罵取 賭 愛 歐 油

你少付我十元。

You are ten dollars short.

油 阿 天恩 達了司 休特

我要刷卡。
I'd like to pay by card.
艾得 賴克 兔 配 百 卡得

您要分幾次付款？
How many installments?
浩 妹尼 因司答門此

一次。
One.
萬

六次。
Six.
夕渴死

我可以付台幣嗎？
Can I pay in Taiwan dollars?
肯 艾 配 印 台灣 達了司

可以幫我寄到台灣嗎？
Could you ship this to Taiwan?
庫 油 夕普 力司 兔 台灣

運費多少錢？

How much is the shipping cost?

浩 罵取 以司 得 夕拼 口司特

什麼時候送到？

When will it arrive?

惠恩 為而 以特 惡銳夫

---

21 退貨換貨

Track-86

我要退貨。

I'd like to return this.

艾得 賴克 兔 銳疼 力司

我想換貨。

I'd like to exchange this.

艾得 賴克 兔 衣司欠及 力司

我昨天買的。

I bought this yesterday.

愛 伯特 力司 耶司特夥

我可以換別的東西嗎？

Can I exchange it for something else?

肯 艾 衣司欠及 以特 佛 山幸 耶了司

有污漬。

There's a stain.

淚兒次 惡 司天印

有個洞。

There's a hole.

淚兒次 惡 厚兒

不合身。

It doesn't fit.

以特 得任特 非特

它讓我看起來很胖。

It makes me look fat.

以特 妹克司 蜜 路克 肥特

我改變主意了。

I'm having second thoughts.

愛母 黑夫因 誰肯 受此

我想退錢。

I'd like a refund.
艾得 賴克 惡 銳謊得

這是收據。

Here's the receipt.
喜兒司 得 瑞西特

我們無法退錢。

It's nonrefundable.
以次 農銳謊得伯

1 坐車去囉

Track-87

去搭巴士吧。
Let's go by <u>bus</u>.
列此 夠 百 巴士

—好。
—Ok.
—歐克也

旅遊會話

腳踏車	汽車
bike	car
拜可	卡
捷運	電車
MRT	train
也母阿替	翠恩
地鐵	公車
subway	bus
沙伯未	巴士
計程車	摩托車
taxi	motorcycle
貼克西	摩托賽口
輪船	飛機
ship	airplane
夕普	愛兒普連
小船	直升機
boat	helicopter
伯特	黑力卡普特

② 我要租車

請問你們有<u>小型</u>車嗎？
Do you have any <u>compact</u> cars?
兔 油 黑夫 宴尼 康貝可特 卡司

—當然有。
—Of course.
—歐夫 扣司

省油的	中型的
economy	mid-sized
耶康呢米	秘的-賽司

標準規格的	日本的
full-sized	Japanese
富兒-賽司	甲胖尼子

四門的	美國的
4-door	American
否兒-斗兒	阿瑪莉肯

例句

總共多少錢？
What is the total?
華特 以司 得 投投

有包括稅金跟保險費嗎？

Does it include tax and insurance?

得司 以特 因庫丁 貼克斯 安得 因休潤司

我希望投所有的保險。

I'd like full coverage.

艾得 賴克 富兒 卡北里急

我的車子故障了。

My car broke down.

麥 卡 布弱可 當恩

我的車爆胎了。

I got a flat tire.

愛 勾特 惡 福拉特 太兒

請幫我叫拖車。

Please call a tow truck.

普力司 扣 惡 偷 拖拉可

煞車不怎麼靈光。

The brakes don't work very well.

得 布銳可司 洞特 我可 飛里 餵兒

我不會開手排車。你有自排車嗎？

I can't drive a stick. Do you have any automatics?

愛 肯特 跩衣阿 惡 司梯可。賭 油 黑夫 宴尼 歐投妹梯可

好用單字

駕照
driver's license

跩娥司 來紳士

國際駕照
international driving permit

因特內訓了 跩餅 波秘特

車子的種類
type of car

太普 歐夫 卡

租車契約
rental contract

連頭 康翠可特

（車子）登記書
registration

銳基司催巡

3 先買票　　　　　　　　Track-89

去市中心的車票是多少錢？

How much is a ticket to downtown?

浩 罵取 以司 惡 梯基特 兔 當桃

來回票

round-trip ticket

弱恩的-催普 梯基特

單程票

one-way ticket

萬-威 梯基特

多少錢？

How much is it?

浩 罵取 以司 衣特

要花多少時間？

How long does it take?

好 弄 得司 以特 貼克

坐公車比較便宜嗎？

Is it cheaper to go by bus?

衣司 以特 七波 兔 夠 百 巴士

你要幾張車票？

How many tickets do you want?

浩 妹尼 梯基此 賭 油 旺特

我要買一張票。

I'd like to buy a ticket.

艾得 賴克 兔 拜 惡 梯基特

我需要坐在指定的座位嗎？

Do I need to sit in an assigned seat?

賭 艾 逆得 兔 夕特 印 安 餓賽印 西次

4 坐公車

Track-90

公車站在哪裡？

Where is the bus stop?

惠兒 以司 得 巴士 司豆普

可以給我公車路線圖嗎？

Can I have a bus route map?

肯 艾 黑夫 惡 巴士 入特 妹普

你們會停西八街嗎？

Do you stop at West 8th Street?

兔 油 司豆普 阿特 威司特 耶斯 司翠特

不，請你坐104。

No, take the 104.

諾，貼克 得 萬 歐 否兒

車票多少錢？

How much is the fare?

浩 罵取 以司 得 非兒

哪一輛公車會到那裡？

Which bus goes there?

威取 巴士 勾司 淚兒

去西八街要多久？

How long does it take to West 8th Street?

好 弄 得司 以特 貼克 兔 威司特 耶斯 司翠特

104號公車來了。

Here comes the number 104 now!

喜兒 抗司 得 藍波 萬 歐 否兒 那烏

要看路況而定。

It depends on the traffic.

以特 底片此 昂 得 翠吠可

我該下車時請你告訴我好嗎？

Will you tell me when to get off?

為而 油 貼兒 蜜 惠恩 兔 給特 歐福

我會說出你要下車的站名。

I'll call out your stop.

艾兒 扣 奧特 油兒 司豆普

請給我轉乘票。

May I have a transfer ticket?

妹 愛 黑夫 惡 吹司佛 梯基特

我要在這裡下車。

I'd like to get off here.

艾得 賴克 兔 給特 歐福 喜兒

請開後車門。

Open the rear door,please.

歐噴 得 銳兒 斗兒,普力司

好用單字

回數票	一日遊票
ticket book	one-day pass
梯基特 不可	萬-爹 趴司
目的地	**轉車**
destination	transfer
爹司踢內想	吹司佛
下一站	**上車**
next stop	get on
內克斯特 司豆普	給特 昂
下車	**代幣**
get off	token
給特 歐福	投金因
閘門	
gate	
給特	

5 坐地鐵

地鐵站在哪裡？
Where is the <u>subway station</u> ?
惠兒 以司 得 沙伯未 司爹迅

入口	出口
entrance	exit
豔唇司	一哥細特

售票機	售票處
ticket machine	fare adjustment office
梯基特 門巡	非兒 阿架思門特 歐福司

例句

這火車有到中央公園嗎？
Does this train go to Central Park?
得司 力司 翠恩 夠 兔 仙球 趴兒可

有，有到。
Yes, it does.
也司，以特 得司

沒到，你必須轉搭紅線。
No. You have to change to the red line.
諾 油 黑夫 兔 欠及 兔 得 瑞得 來因

218

它有停中央公園嗎？

Will it stop at Central Park?

為而 以特 司豆普 阿特 仙球 趴兒可

到中央公園前有幾站？

How many stops until Central Park?

浩 妹尼 司豆普司 昂替了 仙球 趴兒可

我該到哪裡轉車？

Where do I transfer?

惠兒 賭 愛 吹司佛

下一班火車是何時到達？

When is the next train?

惠恩 以司 得 內克司 翠恩

我該在哪個站下車？

At which stop should I get off ?

阿特 威取 司豆普 休得 愛 給特 歐禍

我的車票不見了。

I lost my ticket.

愛 漏司特 麥 梯基特

不好意思，借過一下。

Would you let me pass, please?

巫的 油 淚特 蜜 趴司，普力司

（讓位）請坐這裡。

You can have this seat.

油 肯 黑夫 力司 西次

謝謝你。

Thank you.

山可 油

好用單字

車票	回數券
ticket	coupon ticket
梯基特	酷朋 梯基特

地鐵車票	悠遊卡
a Metro Card	a transit card
惡 妹求 卡得	惡 翠夕特 卡得

6 坐火車　　　　Track-92

去長島的車票。

A ticket to Long Island, please.

惡 梯基特 兔 弄 愛憐的，普力司

哪一天的？

For what day?

佛 華特 爹

今天，現在。

Today. Now.

土爹 那烏

五元。下一班火車在十點四十分開出。

That's five dollars. The next train leaves at 10:40.

列此 壞夫 達了司。得 內克司 翠恩 力舞司

阿特 天:佛替

好用單字

（每站都停）普通車	快車
local	express
露口	衣司普銳司
特快車	長途公車
limited express	coach
力秘梯的 衣司普銳司	口去

臥車	標準臥舖（2人臥舖個人房）
sleeping car	standard bedroom
司力拼 卡	司天得的 貝得潤

車廂（有舒適座位及小吃）	車室
club car	compartment
可辣布 卡	康趴特妹特

單程車票	來回車票
one-way ticket	round trip ticket
萬-威 梯基特	弱昂 催普 梯基特

票價	時間表
train fare	timetable
翠恩 非兒	太母貼剝

候車室	小吃車廂
waiting room	dining car
未特印 潤	歹玲 卡

讀書燈	車上行李架
reading light	luggage rack
瑞丁 來特	辣基急 辣可

來回旅程	單程
round-trip	one-way
弱昂-催普	萬-威

❼ 坐計程車　　　Track-93

去那裡？
Where to?
惠兒 兔

173東85街。
173 East 85th Street.
彎憨醉 誰吻弟 書力 衣司 耶梯吠否 司翠特

我要到這個地址。
Please take me to this address.
普力司 貼克 蜜 兔 力司 惡最司

到大中央車站要多久？
How long is the ride to Grand Central Station?
好 弄 以司 得 銳的 兔 哥瑞的 仙球 司爹迅

到市中心計程車費要多少？
How much is the cab fare to downtown?
浩 罵取 以司 得 可阿布 非兒 兔 當桃

你可以讓我在這裡下車。
You can let me out here.
油 肯 淚特 蜜 奧特 喜兒

223

不必找錢了。

Keep the change.

基波 得 欠及

就停在這裡吧。

Just pull over here.

架司特 撲了 歐飛兒 喜兒

你可以先停在梅西百貨嗎？

Can you stop by Macy's first?

肯 油 司豆普 百 梅西司 佛司特

這就是了。

This is it.

力司 以司 衣特

到了。

Here it is.

喜兒 以特 衣司

你可以搖下車窗嗎？

Can you roll down the window?

肯 油 弱了 當恩 得 威恩多

可以開慢點嗎？

Could you please slow down a little?

庫 秋 普力司 司露 當恩 惡 力頭

好用單字

紅綠燈	人行道
traffic light	sidewalk
吹福客 來特	賽的 我可
道路標誌	標誌
road sign	sign
弱的 賽印	賽印
街區	地下道
block	underpass
不落可	安得趴司

我迷路了。
I think I'm lost.
愛 幸克 愛母 漏司特

對不起，你可以告訴我車站在那裡嗎？
Excuse me. Can you show me where the bus station is?
衣司求司 蜜 肯 油 秀 蜜 惠兒 得 巴士 司爹迅 衣司

你可以告訴我正確的方向嗎？
Can you point me in the right direction?
肯 油 潑印特 蜜 印 得 瑞特 得銳可想

我該怎麼去SOHO區呢？
How can I get to SOHO?
浩 肯 艾 給特 兔 受厚

我想到王子大廈。
I want to go to the Prince's Building.
愛 旺 兔 夠 兔 得 普林司 逼屋頂

很遠嗎？
Is it far?
衣司 以特 發兒

有多遠呢？
How far is it?
浩 發兒 以司 衣特

從這裡到那裡只隔兩個街區。
It's only a couple of blocks from here.
以次 翁力 惡 卡波 歐夫 不落可死 夫讓 喜兒

這條路直走。
Go straight down this street.
勾 司翠特 當恩 力司 司翠特

這條路走約50公尺。
Go down this street about fifty meters.
勾 當恩 力司 司翠特 阿抱特 吠福踢 迷特司

在第二個紅綠燈右轉。
Turn right at the second traffic light.
特恩 瑞特 阿特 得 誰肯的 吠福客 來特

在第二個轉角左轉。

Turn left at the second corner.

特恩 力夫特 阿特 得 誰肯 口呢

過橋後左轉。

Go across the bridge and take a left.

勾 惡可落司 得 布里急 安得 貼克 惡 力夫特

就在右邊。

It's on the right side.

以次 昂 得 瑞特 賽的

一直往前走，你一定到得了。

Go along and you're sure to get there.

勾 惡龍 安得 油兒 秀兒 兔 給特 淚兒

從這到那裡很遠。

It's far from here.

以次 發兒 夫讓 喜兒

你得坐公車。

You should go by bus.

油 秀的 夠 百 巴士

請告訴我怎麼去。

Tell me how to get there, please.

貼兒 蜜 浩 兔 給特 貼兒，普力司

9 其它道路指引說法

Track-95

就在火車站旁邊

next to the train station

內克斯特 兔 得 翠恩 司爹迅

就在路口

at the corner

阿特 得 口呢

就在下一個十字路口

at the next intersection

阿特 得 內克司 因翠誰司訓

在你左手邊

on your left-hand side

翁 油兒 力夫特–哈嗯的 賽的

在梅西百貨和維京唱片之間

between Macy's and Virgin Records

比特因 梅西司 安得 維珍 銳口司

過那個紅綠燈

past that traffic light

陪司特 列特 吹福客 來特

在第三個路口右轉

turn right at the third corner

特恩 瑞特 阿特 得 色的 口呢

直走過兩個街區

go straight 2 blocks

勾 司翠特 兔 不落可死

6. 詢問中心

1 在旅遊諮詢中心

Track-96

請給我觀光地圖。
Could I have a sightseeing map, please?
庫得 愛 黑夫 惡 賽新哥 妹普，普力司

公車路線圖	地鐵路線圖
a bus route map	a subway route map
惡 巴士 入特 妹普	惡 沙伯末 入特 妹普
餐廳資訊	**購物資訊**
a restaurant guide	a shopping guide
惡 瑞司特讓 蓋得	惡 瞎拼 蓋得

旅遊會話

2 有一日遊嗎

Track-97

你有 一日遊嗎？
Do you have a full-day tour?
賭 油 黑夫 惡 富兒-爹 兔兒

半天	晚上
a half-day	a night
惡 哈福-爹	惡 耐特

例句

旅遊諮詢中心在哪裡？

Where is the tourist information center?

惠兒 以司 得 兔瑞司特 印佛妹迅 仙特

你有滑雪之旅嗎？

Do you have a tour for skiing?

賭 油 黑夫 兒 兔兒 佛 司基

什麼時候開門？

When is it open?

惠恩 以司 以特 歐噴

博物館今天有開嗎？

Is the museum open today?

以司 得 妙及阿母 歐噴 土爹

你能推薦好餐廳嗎？

Can you recommend a good restaurant?

肯 油 瑞肯妹得 惡 古得 瑞司特讓

你知道去哪裡參加旅遊團嗎？
Do you know where to join a tour?
賭 油 諾 惠兒 兔 救印 兒 兔兒

他們有沒有講中文的導遊？
Do they have a Chinese-speaking guide?
賭 涙 黑夫 惡 恰尼司-司屁金印 蓋得

博物館的入場費要多少錢？
How much does admission to the museum cost?
浩 罵取 得司 惡的秘想 兔 得 妙及阿母 口司 特

博物館內有咖啡廳嗎？
Is there a cafe in the museum?
以司 淚兒 惡 咖啡 印 得 妙及阿母

你有語音導覽嗎？
Do you have an audio guide?
賭 油 黑夫 安 歐弟歐 蓋得

遊覽車集合場所在哪裡？
Where is the pick-up point?
惠兒 以司 得 屁可–阿普 波音特

3 我要去迪士尼樂園　Track-98

我要去迪士尼樂園。
I want to <u>go to Disney Land</u>.
愛 旺 兔 夠 兔 迪士尼 連的

看 / 煙火表演
see / a fireworks display
西 / 惡 懷兒我克 低司波淚

登山 / 某處
go hiking / somewhere
勾 害金印 / 山母惠兒

去 / 跳蚤市場
go to / a flea market
勾 兔 / 惡 福力 媽基特

看 / 百老匯表演
see / a Broadway show
西 / 惡 巴的威 秀

看 / 展覽
see / an exhibition
西 / 厭 耶可蝦必想

看 / 電影
see / a movie
西 / 惡 母微

看 / 籃球比賽
see / a basketball game
西 / 惡 八司克伯 給母

④ 我要怎麼去艾菲爾鐵塔 Track-99

我要去艾菲爾鐵塔（法國）。
I would like to go to the <u>Eiffel Tower</u>.
愛 巫的 賴克 兔 夠 兔 得 艾菲爾逃兒

羅浮宮（法國）
Louvre (France)
路娥（福藍司）

萬里長城（中國）
Great Wall of China (China)
哥銳特 我了 歐夫 恰那（恰那）

紫禁城（中國）
Forbidden City (China)
佛必的的誒 西替（恰那）

吉薩金字塔（埃及）
Great Pyramids of Giza (Egypt)
哥銳特 屁拉秘的司 歐夫 基子啊（衣及普特）

人面獅身像（埃及）
Sphynx (Egypt)
司平克司（衣及普特）

泰姬瑪哈陵（印度）
Taj Mahal (India)
踏西碼好（因低啊）

澳洲大堡礁（澳洲）
Great Barrier Reef (Australia)
哥銳特 布累里兒 里福（喔司吹力亞）

雪梨歌劇院（澳洲）
Sydney Opera House (Australia)
夕的尼 歐陪拉 好司（喔司吹力亞）

尼加拉瓜大瀑布（美國）＊（不加the）
Niagra Falls (USA)
奈阿哥拉 佛司（尤 耶司 耶）

大峽谷（美國）
Grand Canyon (USA)
哥辣嗯 肯尼宴尼（尤 耶司 耶）

自由女神像（美國）
Statue of Liberty (USA)
司透秋 歐夫 力布噁梯（尤 耶司 耶）

比薩斜塔（義大利）
Leaning Tower of Pisa (Italy)
林印 桃兒 歐夫 屁賣（衣特力）

好用單字

美術館	博物館
art museum	museum
啊特 妙及阿母	妙及阿母

動物園	水族館
zoo	aquarium
入	惡闊里惡母

公園	大廈
park	building
趴兒可	逼屋地印

大廳	圖書館
hall	library
后了	來布銳里

教堂	
church	
求及	

5 我想騎馬

Track-100

我想要去試試騎馬。
I'd like to try <u>horseback riding</u>.
艾得 賴克 兔 揣 厚兒司貝克 銳低恩

泛舟	滑翔翼
rafting	paragliding
累福停	陪拉 哥來低恩
熱氣球之旅	**跳傘**
hot air balloon riding	parachuting
哈特 愛兒 跛路嗯 來低恩	陪拉舒梯恩
深海潛水	**高空彈跳**
scuba diving	bungy jumping
司庫跛 梯恩	班及 江拼
滑雪	**射擊**
skiing	shooting
司基印	休聽

例句

我可以租釣魚用具嗎？
Can I rent fishing tackle?
肯 艾 潤特 吩心 塔扣

腳踏車出租店在哪裡？

Where is the bicycle rental shop?

惠兒 以司 得 拜夕扣 瑞頭 下普

我可以租些裝備嗎？

Can I rent some equipment?

肯 艾 潤特 山母 衣盔普妹特

這是什麼樣的活動？

What kind of event is it?

華特 開恩的 歐夫 衣凡特 以司 衣特

在哪裡舉辦？

Where is it held?

惠兒 以司 以特 黑了的

幾點開始？

What time does it start?

華特 太母 得司以特 司大特

小孩可以參加嗎？

Can children join it?

肯 求潤 久 衣特

好用單字

高爾夫球場 driving range 踹夫嗯 瑞急	**海邊 / 海灘** beach 比妻
釣魚場 fishing spot 吠心 司剖特	**滑雪場** skiing resort 司基印 銳受兒特
潛水場 diving spot 大平 司剖特	**夜市** night market 耐特 媽基特
跳蚤市場 flea market 福力 媽基特	**高爾夫球桿** golf clubs 勾福 克拉布司
滑雪用具 skiing outfit 司基印 奧特非特	**潛水用具** diving gear 大平 基兒

這是你第一次去俄亥俄州嗎？
Is this your first time to visit <u>Ohio</u>.
以司 力司 油兒 佛司特 太母 兔 非夕特 歐亥歐
一對。
—Yes.
一也司

阿拉巴馬州	阿拉斯加州
Alabama (AL)	Alaska (AK)
阿拉巴馬 (AL)	阿拉斯加 (AK)

亞利桑那州	阿肯色州
Arizona (AZ)	Arkansas (AR)
亞利桑那 (AZ)	阿肯色 (AR)

加利佛尼亞州	科羅拉多州
California (CA)	Colorado (CO)
加利佛尼亞 (CA)	科羅拉多 (CO)

康乃狄克州	德拉瓦州
Connecticut (CT)	Delaware (DE)
康乃狄克 (CT)	德拉瓦 (DE)

首都華盛頓

Washington DC (the District of Columbia)

哇西投嗯 地西（得 低司催可特 歐夫 卡辣母必惡）

佛羅里達州	喬治亞州
Florida (FL)	Georgia (GA)
佛羅里達 (FL)	喬治亞 (GA)

關島 Guam 哥哇母	**夏威夷州** Hawaii (HI) 夏威夷〔HI〕
愛達荷州 Idaho (ID) 愛達荷〔ID〕	**伊利諾州** Illinois (IL) 伊利諾〔IL〕
印地安那州 Indiana (IN) 印地安那〔IN〕	**愛荷華州** Iowa (IA) 愛荷華〔IA〕
堪薩斯州 Kansas (KS) 堪薩斯〔KS〕	**肯塔基州** Kentucky (KY) 肯塔基〔KY〕
路易斯安那州 Louisiana (LA) 路易斯安那〔LA〕	**緬因州** Maine (ME) 緬因〔ME〕
馬里蘭州 Maryland (MD) 馬里蘭〔MD〕	**麻薩諸塞州** Massachusetts (MA) 麻薩諸塞〔MA〕
密西根州 Michigan (MI) 密西根〔MI〕	**明尼蘇達州** Minnesota (MN) 明尼蘇達〔MN〕
密西西比州 Mississippi (MS) 密西西比〔MS〕	**密蘇里州** Missouri (MO) 密蘇里〔MO〕

旅遊會話

7 看看各種的動物

你最喜歡什麼動物？
What's your favorite animal?
華次 油兒 肥佛里特 爺那母

—我喜歡狗。
—I like the <u>dog</u>.
—艾 賴克 得 豆哥

*貓	*兔子
cat	rabbit
可爺特	辣必特
*松鼠	老鼠
squirrel	mouse / mice
司闊兒	貓司 / 麥司
倉鼠	馬
hamster	horse
黑母司特兒	后兒司
牛	羊
cow	sheep
考	夕普
山羊	鹿
goat	deer
勾特	低兒

馴鹿	豬
reindeer	pig
潤低兒	屁哥
熊	狼
bear	wolf
背兒	我福
大象	獅子
elephant	lion
耶了否特	來翁
犀牛	豹
rhino	leopard
銳諾	淚普的
熊貓	
panda	
趴達	

8 景色真美耶 Track-103

景色真美耶！
What a great view!
華特 惡 哥銳特 非尤

真是漂亮！
How beautiful!
好 屁尤底佛

這真不錯。
That's neat.
列此 尼特

真的好極了。
It's fantastic.
以次 凡透司梯可

食物很好吃。
The food is really yummy.
得 父的 以司 非力洋秘

我喜歡這裡的氣氛。
I like the atmosphere here.
艾 賴克 得 啊特母西兒 喜兒

那真大呀！
That's so huge!
列此 受 喝尤急

這是法國最古老的美術館。
This is the oldest museum in France.
力司 以司 得 歐地司特 妙及阿母 印 福藍司

有多古老？

How old is it?

浩 歐了的 以司 衣特

有一千多年了。

It's over one thousand years old.

以次 歐飛兒 萬沙嗯 易兒司 歐了

我可以拍你幾張照片嗎？

Shall I take some pictures of you?

休 愛 貼克 山母 皮客求司 歐夫 油

打擾您一下，可以請您幫我們拍照嗎？

Excuse me, sir. Could you take a

picture of us?

衣克司求司 密，社兒。庫 秋 貼克 惡 皮客求

歐夫 阿司

各位，笑一個。

Smile, everyone!

司麥了，耶飛萬

⑨ 帶老外遊台灣

你明天要去哪裡？
Where are you going tomorrow?
惠兒 阿 油 勾印 土馬肉

—我們要去宜蘭。
—We're going to <u>Yilan</u>.
—威兒 勾印 兔 宜蘭

彰化	嘉義
Changhua	Chiayi
彰化	嘉義
新竹	花蓮
Hsinchu	Hualien
新竹	花蓮
高雄	基隆
Kaohsiung	Keelung
高雄	基隆
金門	連江縣
Kinmen	Lienchiang
金門	連江
苗栗	南投
Miaoli	Nantou
苗栗	南投

澎湖	屏東
Penghu	Pingtung
澎湖	屏東
臺中	臺南
Taichung	Tainan
臺中	臺南
臺北	臺北縣
Taipei	Taipei County
臺北	臺北卡嗯梯
臺東	桃園
Taitung	Taoyuan
臺東	桃園
雲林	
Yunlin	
雲林	

你的板橋林家花園之旅如何？
How was your trip to <u>Lin Family Garden</u>?
浩 哇司 油兒 催普 兔 林 發秘力 卡兒等

—非常的有趣！
—It was fun!
—衣特 哇司 發嗯

台北木柵動物園	台北101大樓
Taipei Mu Cha Zoo	Taipei 101
台北 木柵 入	台北 萬歐萬

總統府
The Presidential Office Building
得 普銳怎的求 歐非司 逼屋地印

中正紀念堂
Chiang Kai-shek Memorial Hall
蔣介石 妹母力歐 好

台北忠烈祠
Martyrs Shrine
媽樂 率

國立故宮博物院
the National Palace Museum
得 內訓歐 怕力司 妙及阿母

國父紀念館
Sun Yat-sen Memorial Hall
孫逸仙 妹母力歐 好

三峽清水祖師廟
Sansia Ching Shui Tsu Shih Temple
三峽 清水祖師 天波

基隆市廟口小吃
Keelung Miaokou Snacks
基隆 廟口 司內可司

大坑森林遊樂區	台中民俗公園
Dakeng Scenic Area	Taichung Folk Park
大坑 心尼可 耶里惡	台中 否可 趴兒可

六合夜市	愛河公園
Liu-ho Night Market	Love River Park
六合 耐特 媽基特	辣佛 瑞佛 趴兒可

墾丁國家公園	
Kenting National Park	
墾丁 内訓若 趴兒可	

⑩ 我要看獅子王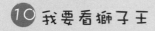

Track-105

我想看獅子王。
I'd like to see *The Lion King*.
艾得 賴克 兔 西 得 賴恩金印

美女與野獸	貓
Beauty & the Beast	*Cats*
比烏梯 煙得 得 比司特	卡之

芝加哥	42號街
Chicago	*42nd Street*
芝加哥	否梯誰看的 司翠特

11 買票看戲

我們買票必須排隊。

We have to wait in line to buy our tickets.

威 黑夫 兔 未特 印 來嗯 兔 拜 奧兒 梯基此

有座位嗎？

Are there any seats?

阿 貼兒 宴尼 西此

一張票多少錢？

How much is a ticket?

浩 罵取 以司 惡 梯基特

有沒有議價空間？

Any concessions?

宴尼 肯誰訓司

全部售出。

Sold out.

受的 傲特

下一個表演是在什麼時候？

What time is the next show?

華特 太母 以司 得 內克司 秀

有沒有中場休息時間？

Is there an intermission?

以司 貼兒 安 因特秘訓

我們可以在裡面喝東西嗎？

Can we drink inside?

肯 威 准可 因塞的

你們會給學生打折嗎？

Is there a student discount?

以司 貼兒 惡 司丟等特 低司康特

你們有沒有較便宜的座位？

Do you have any cheaper seats?

兔 油 黑夫 宴尼 七波 西此

可以給我節目表嗎？

Could I have a program, please?

庫得 愛 黑夫 惡 普弱哥黑母，普力司

我要好位子的。

I want a good seat.

愛 旺特 惡 古得 西次

請給我三張票。

Three tickets, please.

素力 梯基此，普力司

兩張貴賓席的票。

Two VIP seats, please.

兔 非愛屁 西此，普力司

兩張下星期五的票。

Two tickets for next Friday.

兔 梯基此 佛 內可司 佛來爹

好用單字

中間的座位	交響樂團
center seats	orchestra
仙特 西此	歐基司特拉

夾層前排	夾層
front mezzanine	mezzanine
夫郎特 媚子尼	媚子尼

夾層後排	包廂
rear mezzanine	balcony
銳兒 媚子尼	拔了肯尼

非對號座位	站位
unreserved seat	standing room
昂瑞色得 西次	司天丁 潤

白天場	晚上場
matinee	evening performance
媽特內	衣佛您 爬佛門司

12 哇！他的歌聲真棒　Track-107

哇！這歌手真棒！
Wow! The <u>singer</u> is wonderful!
哇嗚 得 心給兒 以司 萬得佛

電影	表演
movie	show
母微	秀

百老匯表演	電影
Broadway show	film
布拉為 秀	吠了母

音樂會	歌劇
concert	opera
康舍特	歐陪拉

諷刺短劇	戲
skit	play
司基特	波累

芭蕾舞	戲劇
ballet	drama
拔淚	抓拉馬

遊行	露天劇場
parade	open-air theater
趴銳的	歐噴–愛兒 西兒特

例句

太棒了！
Bravo!
布辣佛

太好了！
Fantastic!
凡踏司梯可

再來一次！/ 安可！
Encore!
安可

旅遊會話

真是糟糕！
Awesome!
歐山母

13 附近有爵士酒吧嗎　Track-108

附近有爵士酒吧嗎？
Is there a jazz pub around here?
以司 淚兒 惡 夾司 泊布 餓讓得 喜兒

鋼琴酒吧	夜總會
piano bar	night club
屁啊諾 八兒	耐特 克拉布
舞廳	主題餐廳
disco	theater restaurant
低司口	西兒得 瑞司特讓
酒吧	酒店
bar	cabaret
巴兒	卡跛銳
小餐廳	咖啡廳
cafe	coffee shop
卡非	咖啡 下普
賭場	
casinos	
卡西諾	

我要香檳。
I'll have <u>champagne</u>.
艾兒 黑夫 香檳

威士忌	白蘭地
whisky	brandy
威士忌	布蘭地
蘇格蘭威士忌	琴酒
scotch	gin
司卡取	進
馬丁尼	龍舌蘭酒
a martini	tequila
馬丁尼	特基拉
不加水	加水
it straight	it with of water
以特 司翠特	以特 位子 歐夫 窩特
（啤酒）小杯	（啤酒）大杯
a half pint	one pint
惡 哈福 派恩特	萬 派恩特

例句

今晚有現場演奏嗎？

Do you have a live performance tonight?
賭 油 黑夫 惡 來佛 怕佛媽司 兔耐特

有穿著限制嗎？

Do you have a dress code?

賭 油 黑夫 惡 最司 扣得

我要穿什麼衣服？

How should I be dressed?

浩 休得 愛 比 最司得

您要喝些什麼飲料嗎？

Would you like something to drink?

巫的 油 賴克 山母幸 兔 准可

給我生啤酒。

Some draft beer, please.

山母 得拉夫特 比兒，普力司

給我波旁威士忌。

Bourbon, please.

巴兒本，普力司

乾杯！

Cheers!

起兒司

再來一杯！
One more, please.
萬 摸兒，普力司

14 看棒球比賽

我要靠一壘的位子。
A seat on the first base line, please.
惡 西次 昂 得 佛司特 背司 來恩，普力司

靠三壘的	靠內野的
on the third base line	in the infield section
昂 得 社兒的 背司 來恩	因 得 因吠了的 塞克迅

靠外野的
in the outfield section
因 得 傲特吠了的 塞克迅

靠本壘的
behind home plate section
必害的 厚母 波類的 塞克迅

258

例句

哪些隊在比賽？
Which teams are playing?
威取 踢母司 阿 普累因

現在打到哪一局了？
What inning is it?
華特 衣玲 以司 衣特

打到7局後半了。
It's the bottom of the seventh.
以次 得 八特母 歐夫 得 誰凡的

你最喜歡哪一隊？
What is your favorite team?
華特 以司 油兒 非瑞得 踢母

棒球在美國是最受歡迎的運動之一。
Baseball is one of the most popular
sports in America.
背司伯 以司 萬 歐夫 得 母司特 趴比巫了 司
剖此 印 阿妹莉卡

開賽！
Play ball!
波累 伯了

帶我去看棒球賽吧！

Take me out to the ball game!

貼克 密 奧特 兔 得 伯了 給母

你認為哪一隊會贏？

Who do you think is going to win?

戶 兔 油 幸克 以司 勾印 兔 我因

我是西雅圖水手隊的球迷。

I'm a Seattle Mariners fan.

愛母 惡 西雅圖 媽林潤司 發嗯

巴爾的摩金鶯隊	波士頓紅襪隊
Baltimore Orioles	Boston Red Sox
巴爾的摩 歐里歐司	波士頓 瑞得 受可死
紐約洋基隊	坦帕灣魔鬼魚隊
New York Yankees	Tampa Bay Devil Rays
紐約洋基司	坦帕 背 爹夫 銳司
多倫多藍鳥隊	芝加哥白襪隊
Toronto Blue Jays	Chicago White Sox
多倫多 不魯 尖司	芝加哥 懷特 廖克司

克里夫蘭印第安人隊	底特律老虎隊
Cleveland Indians	Detroit Tigers
克里夫蘭 印第安司	低吹特 太格司

堪薩斯皇家隊	明尼蘇達雙城隊
Kansas City Royals	Minnesota Twins
堪薩斯 西替 弱有司	明尼蘇達 兔因司

洛杉磯天使隊

Los Angeles Angles of Anaheim

洛杉磯 恩酒司 歐夫 耶呢害

奧克蘭運動家隊	西雅圖水手隊
Oakland Athletics	Seattle Mariners
奧克蘭 阿斯淚梯可司	西雅圖 媽林耶兒司

德州游騎兵隊

Texas Rangers

貼可蝦司 潤九司

好用單字

棒球賽	投手
baseball game	pitcher
背司伯 給母	屁球

捕手	打擊者
catcher	batter
卡球	拔特

經理	三振
manager	strikeout
媽尼九	司催克奧特
四壞球	盜壘
walk	steal
我可	司梯歐
全壘打	再見全壘打
homerun	walk off home run
厚母浪	我可 歐福 厚母浪

15 看籃球比賽 Track-110

我要去看籃球賽。
I'd like to go to a <u>basketball game</u>.
艾得 賴克 兔 夠 兔 惡 八司克伯 給母

美式足球賽	足球賽
football game	soccer game
夫特伯 給母	沙可 給母
棒球賽	網球賽
baseball game	tennis match
背司伯 給母	貼尼司 罵取
高爾夫球賽	曲棍球賽
golf match	hockey game
勾福 罵取	哈給 給母

拳擊賽	賽車
boxing match	car race
八克性 罵取	卡 瑞司

例句

你最喜歡哪個選手？

Who is your favorite player?

福厚 以司 油兒 非佛瑞特 波淚噁

我是紐約尼克隊的超級球迷。

I'm a big fan of the New York Knicks.

愛母 惡 必哥 發嗯 歐夫 得 紐 約克 尼克司

能請你簽名嗎？

May I have your autograph?

妹 愛 黑夫 油兒 喔特哥拉福

入口在哪裡？

Where is the entrance?

惠兒 以司 得 宴潤司

販賣場在哪裡？

Where is the concession stand?

惠兒 以司 得 肯沙訓 司天得

投籃！
Shoot it!
休 衣特

防守！
Defense!
低凡司

妙傳！
Nice pass!
耐司 趴司

好球！
Nice shot!
耐司 蝦特

好用單字

傳球	工作人員
pass	official
趴司	歐非休

犯規	灌籃
foul	slam dunk
發歐	司拉母 檔克

大滿貫	得分
grand slam	score
哥連 司拉母	司口兒
觸地得分	18比20
touchdown	18 to 20
他妻擋	耶聽 兔 團體

7. 看病

1 你臉色看起來不太好呢

Track-111

你臉色看起來不太好。
You don't look well.
油 洞特 路克 餵兒

你怎麼了？
What's wrong?
華次 弱恩

我想我生病了。
I think I'm sick.
愛 幸克 愛母 夕可

我看你最好還是去看醫生。
I think you had better to go to see a doctor.
愛 幸克 油 黑得 貝特 兔 夠 兔 西 惡 達可特

麻煩你打911。
Call 911, please.
扣 奈嗯 萬 萬，普力司

醫院在哪裡？

Where's the hospital?

惠兒司 得 哈司屁投

醫生在哪裡？

Where's the doctor?

惠兒司 得 達可特

我沒關係，我只是需要休息一下。

I'll be OK. I just need to rest.

艾兒 比 歐克也。愛 架司特 逆得 兔 銳司特

你有維他命C嗎？

Do you have any vitamin C?

兔 油 黑夫 宴尼 外特秘嗯 夕

你可以做雞湯給我吃嗎？

Can you make me some chicken soup?

肯 油 妹克 密 山母 七肯 舒普

我需要躺下來。

I need to lie down.

艾 逆得 兔 來 檔

---

2 我要看醫生

我要看內科醫生。
I'd like to see <u>a medical doctor</u>.
艾得 賴克 兔 西 惡 媚低扣 達可特

外科醫生	眼科醫生
a surgeon	a pediatrician
惡 社兒俊	惡 阿波媽樂及

婦科醫生	小兒科醫生
a gynecologist	an ophthalmologist
惡 該呢卡樂及	惡 屁低惡翠訓

3 我肚子痛

我肚子痛。
I have <u>a stomachache</u>.
愛 黑夫 惡 司達母給

頭痛	流鼻涕
a headache	a runny nose
惡 黑的給	惡 拉尼 諾司

背痛	牙痛
a backache	a toothache
惡 貝克給	惡 兔司給

耳朵痛	感冒
an earache	the flu
厭 衣兒給	得 福路

發燒	咳嗽
a fever	a cough
惡 吠娥	惡 空福

喉嚨痛	食物中毒
a sore throat	food poisoning
惡 受兒 弱特	父的 潑姨怎您

腹瀉	
diarrhea	
代惡里惡	

我覺得渾身無力。
I feel <u>weak</u>.
愛 非了 威可

渾身發冷	非常疲倦
chilly	very tired
缺力	飛里 太兒的

身體發熱	想吐
feverish	sick
吠北里司	夕可

我在<u>發冷</u>。
I am <u>cold</u>.
愛母 扣得

頭暈	昏沉沉
dizzy	drowsy
低記	到記

對…過敏	便秘
allergic to…	constipated
惡樂及可 兔	看司特配梯的

例句

我感到渾身無力而且頭痛。
I feel weak and have a headache.
愛 非了 威可 安得 黑夫 惡 黑的給

現在感覺好一點了。
It's a little better now.
以次 惡 力頭 貝特 鬧

可能這幾天我太累了。
Maybe I'm too tired these days.
妹背 愛母 兔 太兒 地司 爹司

希望你快點好起來。
I hope you'll get well soon.
愛 厚普 油 給特 餵兒 舒嗯

謝謝你的關心。
Thanks for your concern.
山渴死 佛 油兒 看社兒嗯

謝謝你那麼照顧我。
Thanks for taking such good care of me.
山渴死 佛 貼金印 沙七 古得 克也兒 歐夫 蜜

你有阿司匹靈嗎？
Do you have any aspirin?
賭 油 黑夫 宴尼 阿司匹靈

好用單字

腸胃炎
GI (gastrointestinal) infection
及愛（給司疼貼司停若）因非可訓

心臟病發	高血壓
heart attack	high blood pressure
哈特 他可	害 不拉特 普拉舍

哮喘	糖尿病
asthma	diabetes
阿子麻	代惡必梯司

骨折	抽筋
a broken bone	a sprain
惡 不肉肯 剝嗯	惡 司普瑞恩

我頭痛。
My <u>head</u> hurts.
麥 黑的 喝兒此

肚子	腳
tummy	foot ／ feet
達秘	夫特 ／ 吠特

背	手腕
back	wrist
貝克	瑞司特

耳朵	下背部
ear	lower back
衣兒	露噁 貝克

手臂	喉嚨
arm	throat
啊母	歐弱特
牙	脖子
tooth	neck
兔子	內可
膝蓋	
knee(s)	
尼(司)	

4 把嘴巴張開　　　Track-114

你有覺得什麼地方不舒服嗎？
Do you feel any discomfort?
賭 油 非歐 宴尼 低司砍佛特

你不冷嗎？
Aren't you cold?
安 酒 扣特

我沒有胃口。
I don't feel like eating.
愛 洞特 非了 賴克 衣停

請躺下。
Please lie down.
普力司 賴 檔

這裡痛嗎?
Does it hurt?
得司 以特 喝兒特

把嘴巴張開。
Open your mouth.
歐噴 油兒 貓司

請張口說:「啊」!
Please say "Ahh".
普力司 誰 啊

讓我看看你的眼睛。
Let me look at your eye.
瑞特 密 路克 阿特 油兒 愛

塗藥膏。
Apply the ointment.
惡普來 得 歐因特妹特

我幫你開藥方。

I'll write you a prescription.

艾兒 銳特 油 惡 普司里普訓

深呼吸。

Take a deep breath.

貼克 惡 低普 布銳司

我們需要幫你照X光。

We need to take an X-ray.

威 逆得 兔 貼克 安 耶渴死瑞

我可以繼續旅行嗎？

Can I continue my trip?

肯 艾 看梯牛 麥 催普

大約一星期就好了吧！

You will get well in one week.

沺 為而 給特 餵兒 印 萬 威可

我需要住院嗎？

Do I need to be hospitalized?

賭 艾 逆得 兔 比 哈司屁投來子的

275

需要（不需要）。

Yes（No）.

也司（諾）

5 一天吃三次藥

Track-115

一天服用三次。

Three times daily.

素力 太母司 爹力

（說明）寫在瓶上。

It's on the bottle here.

以次 昂 得 巴頭 喜兒

每天要服用這個三次。

Take this three times daily.

貼克 力司 素力 太母司 爹力

飯後服用。

Take this after meals.

貼克 力司 阿福特 迷兒司

不要和果汁一起服用。

Do not take it with juice.

賭 那特 貼克 以特 位子 啾司

七日用藥。

7 days of medication.

誰吻 麥司 歐夫 媚低克也訓

你有沒有對什麼藥物過敏嗎？

Are you allergic to any medication?

阿 油 啊淚兒基 兔 宴尼 媚低給訓

把這藥膏塗在傷口上。

Apply this ointment to the wound.

阿普賴 力司 歐一特悶 兔 得 穩的

口服藥。

Oral medication.

歐兒 媚低給訓

三歲以下的兒童用藥。

For children under 3 years of age.

佛 求潤 安得 素力 易兒司 歐夫 耶急

服用前請諮詢醫生。

Consult a doctor before using.

看收特 惡 達可特 背佛 憂心

好用單字

藥局	感冒藥
pharmacy	cold medicine
發母夕	扣得 媚達深

退燒藥劑
an antipyretic
厭 厭梯普愛銳梯可

胃藥
medicine for the stomach
媚達深 佛 得 司達秘可

消化藥	抗生素
a digestive	antibiotics
惡 達尖司梯可	厭太拜啊梯司

阿司匹靈	止痛藥
aspirin	pain killer
阿司匹靈	配嗯 給了

保險套	痰
a condom	phlegm
惡 看達母	福淚母

汗	腫脹
sweat	swelling
師為特	師我林

6 我覺得好多了

我覺得好多了。
I feel much better.
愛 非了 罵取 貝特

我現在沒事了。
I'm OK now.
愛母 歐給 鬧

我復原得不錯。
I'm doing fine.
愛母 杜印 發音

我好多了。
I'm better now.
愛母 貝特 鬧

我現在覺得又是一條活龍。
I'm as good as new!
愛母 啊司 古得 啊司 紐

我壯得像頭牛。
I'm as healthy as a horse.
愛母 啊司 好西 啊司 惡 厚兒司

8. 遇到麻煩

1 我遺失了護照

我遺失了護照。
I lost my <u>passport</u>.
愛 漏司特 麥 扒司波特

信用卡	鑰匙
credit card	keys
克瑞滴特 卡得	基司

照相機	行李
camera	luggage
卡賣拉	辣基急

飛機票	項鏈
flight ticket	necklace
福來特 梯基特	內可力司

手錶	眼鏡
watch	glasses
哇取	哥拉西司

我的皮夾被偷了。
My <u>wallet</u> was stolen.
麥 哇力特 哇司 司投冷

飛機票	筆記型電腦
airline ticket	laptop
愛兒來恩 梯基特	拉普投普

提款卡	戒指
ATM card	ring
耶 梯 也母 卡得	玲

手提箱	皮包
suitcase	bag
舒特 克也司	八哥

手機	錢
cell phone	money
誰了 否嗯	媽尼

2 我把它忘在公車上了 Track-118

我把它忘在公車上了。
I left it <u>on the bus</u>.
愛 力夫特 以特 昂 得 巴士

在火車上	在桌上
on the train	on the table
昂 得 翠恩	昂 得 貼剖

在計程車裡	在飯店裡
in the taxi	in the hotel
因 得 貼克西	因 得 后貼兒

在101房裡	在收銀台上
in room 101	at the cashier
因 潤 萬歐萬	阿特 得 卡許兒

例句

不要跑！小偷！
Stop! Thief!
司豆普 低福

救命啊！我被搶了！
Help! I've just been mugged!
黑兒普！愛 架司特 背因 罵歌

天啊！我該怎麼辦？
Oh, no! What shall I do?
歐，諾 華特 休 愛 賭

我遇到了麻煩。
I am having some trouble.
愛 阿母 哈非因 山母 特拉剝

我想有人拿去了。
I think someone took it.
愛 幸克 山萬 兔可 衣特

你可以幫忙找嗎？
Can you help me find it?
肯 油 黑兒普 密 發音 衣特

請幫助我。

Would you help me, please?

巫的 油 黑兒普 蜜，普力司

天啊！這真是棒呆了！（說反話）

Oh, man! This is just great!

歐，妹恩 力司 以司 架司特 哥銳特

我該報警嗎？

Should I call the police?

休得 愛 扣 得 普力司

我裡面有大概三百美元。

There was about 300 US dollars inside it.

貼兒 哇司 阿抱特 素力酣醉的 幽司 達了司 因賽衣特

It's easy to speak good American by Chinese.

隨手
萬用版

獻給想要馬上
說美國話的您

暢銷版 溜美國話
中文就行啦

美語好溜【18】

著　　　者──里昂◎著
出版發行──山田社文化事業有限公司
地　　　址──臺北市大安區安和路一段112巷17號7樓
電　　　話──02-2755-7622
傳　　　真──02-2700-1887
總 經 銷──聯合發行股份有限公司
地　　　址──新北市新店區寶橋路235巷6弄6號2樓
電　　　話──02-2917-8022
傳　　　真──02-2915-6275
印　　　刷──上鎰數位科技印刷有限公司
法律顧問──林長振法律事務所　林長振律師
初版一刷──2017年12月
1書+1MP3──新台幣259元

ISBN　978-986-246-078-8

STS

山田社

STS

山田社